Mit leichtem Herzen

Es gibt nichts Schöneres als das wunderbare Gefühl, für einen kurzen Augenblick den Himmel berühren zu können. Wenn alles so ist, wie es sein sollte. Wenn wir uns verstanden fühlen, geborgen, geliebt. Eins mit uns und der Welt. Wenn wir leichten Herzens das Land der Träume betreten.

Es gibt da einen Menschen ...

Es gibt da einen Menschen, der die besondere Gabe hat, einen Menschen mit einem Lächeln glücklich zu machen.

Es gibt da einen Menschen, der die besondere Gabe hat, einem Menschen mit einer Umarmung das Gefühl zu geben, geborgen zu sein.

Es gibt da einen Menschen, der die besondere Gabe hat, einem Menschen zuzuhören und ihm das Gefühl zu geben, verstanden zu werden.

Es gibt da einen Menschen, der die besondere Gabe hat, einem Menschen mit seiner Aufrichtigkeit das Gefühl zu geben, vertrauen zu dürfen.

Es gibt da einen Menschen, der die besondere Gabe hat, einem Menschen mit seinem Schweigen das Gefühl zu geben, sich fallen lassen zu dürfen.

Es gibt da einen Menschen, der die besondere Gabe hat, einem Menschen mit seinen Worten wieder Mut zu machen.

Es gibt da einen Menschen, der die besondere Gabe hat, einem Menschen mit seinem Verstehen das Gefühl zu geben, wichtig zu sein.

Es gibt da einen Menschen, der die besondere Gabe hat, einem Menschen mit seinem Rat das Gefühl zu geben, wieder Boden unter den Füßen zu haben.

Es gibt da einen Menschen, der die besondere Gabe hat, einem Menschen mit seinen Visionen das Gefühl zu geben, ein Stück zum Himmel zu fliegen.

Es gibt da einen Menschen, in dessen Seele eine wundervolle Schönheit sich verbirgt.

Gewidmet meiner Schwester und Freundin

Impressum
© 2011 Martina Herrmann

Verlag: tredition GmbH, Mittelweg 177, 20148 Hamburg
Printed in Germany
ISBN: 978-3-8472-3499-9

Vorwort

Ich öffne meine Schreibtischschublade. Meine Geschichte, die schlimme Krankheit, die ich hatte, die Traurigkeiten meiner Seele, die Ängste und Hoffnungen ... ein kleiner Teil von all dem steht in meinem Tagebuch aufgeschrieben. Ich nehme die vielen Seiten heraus, blättere sie durch, und ich merke, dass es mir noch immer schwer fällt, darin zu lesen. Die Angst, der Schock von damals sitzen noch ziemlich tief, und doch bin ich dankbar für die Zeit, in der ich eine wichtige Arbeit, die Arbeit an mir selbst, angegangen bin. Ich habe tief in mir ein neues Selbstwertgefühl gefunden, habe mich von einer ganz anderen Seite kennenlernen dürfen und dadurch erfahren, wie wichtig es ist, auf sein Inneres zu hören.

Lange habe ich nachgedacht, ob ich mit meiner persönlichen Geschichte jemandem helfen kann, dem es vielleicht ähnlich geht wie es mir ergangen ist. Ob sie vielleicht gerade für die Frauen, die auch die Diagnose Brustkrebs bekommen, hilfreich wäre.

Ich weiß, dass wenn man von dieser Krankheit erfährt, nichts mehr so ist, wie es zuvor war. Das Leben, das man zuvor hatte, ist plötzlich nicht mehr. Man hat viele Fragen, auf die einem niemand eine klare Antwort geben kann, auf die man in dieser Situation doch so sehr hofft. Man fühlt sich hilflos, oft allein gelassen, obwohl die Medizin, egal ob schulische oder die Medizin der Homöopathie, sich weit entwickelt hat. Ich fühlte mich oft so klein, so schwach. Mit dem Ausfallen meiner Haare und dem Verlieren meiner Brust wurde mir äußerlich ein großer Teil der Weiblichkeit genommen, doch was für mich noch schlimmer war ... die Verletztheit in meiner Seele. Ich fühlte mich oft wie ein zarter Schmetterling, der einen seiner Flügel verletzt hatte, der auf dem Boden lag und den die Schmerzen gar nicht so sehr erdrückten als vielmehr die Angst und der Kummer darüber, nie wieder fliegen zu können... und es dann doch durch Begebenheiten und einer inneren Kraft die jeder tief in sich hat, geschafft hat, wieder aufzustehen und zu fliegen, auch wenn es ein anderes fliegen war als vor der Krankheit.

Schon als Kind hatte ich den Traum, ein Buch zu schreiben. Ich dachte an irgendeine erfundene, eine schöne Geschichte. Dass ich jetzt aber, Jahre später, aus einem inneren Bedürfnis heraus meine eigene wahre Geschichte erzählen würde, daran hatte ich nie gedacht.

Ich war lange im Zweifel, ob ich meine Geschichte veröffentlichen soll, ob sie überhaupt interessant genug ist. Irgendetwas in mir sagte mir aber, dass ich es tun soll, denn wenn diese Geschichte nur eine einzige Frau mit der Diagnose Brustkrebs trösten kann, bin ich dem lieben Gott dankbar dafür.

Martina Herrmann, 14. Oktober 2011

Tagebuch, 1. Teil

Rückblick auf die ersten zwei Jahre

16. April 2008

Draußen regnet es. Die Regentropfen prasseln gegen mein Fenster. Ich sitze hier an meinem alten Schreibtisch bei einer heißen Tasse Tee, aus der leichter Dampf aufsteigt. Ein weißes Blatt Papier liegt vor mir, da ich etwas schreiben möchte. Ich überlege fieberhaft, womit ich beginnen könnte, doch ich finde keinen Anfang. Mir fällt nichts ein. Ich hänge einigen Gedanken nach ... dabei wandert mein Blick nach draußen, in meinen Garten ...
Mir wird in diesem Augenblick bewusst, dass der Frühling nicht mehr lange auf sich warten lässt. Die ersten Bäume fangen zu blühen an. Die Knospen meines alten Apfelbaumes springen langsam auf, alles leuchtet in einem schönen Rosa und Weiß. Das Gras nimmt allmählich ein sattes Grün an, die vielen Gänseblümchen, die jedes Jahr wachsen, strecken ganz langsam ihre Köpfe aus der Erde. In meinem Gemüsegarten entdecke ich den Schnittlauch, den ich mit meinen Kindern letztes Jahr gesät hatte. Ich sitze da und beobachte, wie es Frühling wird.
Der Regen hat nachgelassen und die Sonne strahlt leicht hinter den noch grauen Wolken hervor. Auf dem Nachbargrundstück beobachte ich die Schafe und Ziegen, die ruhig vor sich hin grasen. Eine kleine Ziege ist auf den Holzstoß geklettert und meckert fast schreiend, so als ob sie Angst hätte, nicht mehr herunterzukommen. Ein Bild, wie es im Buche steht ...
Die Sonne hat nun auch die letzten Wolken verdrängt. Sie strahlt mir warm ins Gesicht. Kindheitserinnerungen werden plötzlich in mir wach, Erlebnisse bei meinen Großeltern, bei denen ich früher als Kind viele Ferientage oder Wochenenden verbracht hatte.

Ich fahre mit meinem Opa Moped, sitze hinter ihm auf dem Sitz, halte mich an seinen Bauch fest und spüre den Wind in den Haaren. Ein Gefühl von unendlicher Freiheit und Leichtigkeit erfüllt mich, wenn der Wind mir warm ins Gesicht bläst. Wir hüten Schafe auf dem Hesselberg und sitzen unter einem Baum. Wir stehen an seiner Werkbank, hämmern und nageln neue Hasenställe.
Mit meiner Oma knete ich bald in der Früh den Teig für das Brot und wir fahren es dann, wenn es in den Körben ist, mit unserem

kleinen Handwagen zum Bäcker. Ich erinnere mich an das Gefühl, zwischen meinen Großeltern in der großen Kuhle im Bett zu liegen und morgens, noch bevor die Sonne aufgeht, vom Gockelhahn geweckt zu werden. Ich höre noch heute das Knarren der alten Treppe beim Hochlaufen, sehe noch immer durch das kleine Guckloch und beobachte die Schafe im Stall. In meinen Gedanken freue ich mich immer noch, das kleine Fach im Küchenregal zu öffnen, wenn ich zu Oma und Opa auf Besuch komme. Dort hatte meine Oma für uns immer eine Banane oder einen Schokoriegel hineingelegt. In dem großen Garten hinter dem Haus, der einen steilen Hang hat, lassen meine Geschwister und ich uns immer wieder hinunterrollen. Danach ist uns jedes Mal schwindelig. Im Gebüsch nebenan bauen wir uns Höhlen und verbringen ganze Tage darin.

Auch erinnere ich mich daran, dass wir immer über die Nachbarin gelacht haben, wenn sie mit ihrem kleinen Hund und ihren fünf Gänsen spazieren ging.
Das alles sind wunderschöne Erinnerungen und Erlebnisse, die meine Kindheit geprägt haben, die ich nicht missen möchte und an die ich auch heute noch mit einem Glücksgefühl im Herzen zurückdenke und sie behüte, wie einen kostbaren Schatz. Manchmal fahre ich noch zu dem Haus, in dem mein Opa und meine Oma damals gelebt haben, um mir diese Erinnerungen nahe zu bringen. In mir ist dann noch immer alles so lebendig, ich habe den Duft der Kräuter, die im Garten wuchsen, noch in der Nase. Ich rieche die Schafe, die Luft des Morgens und des Abends.
Das alles lebt tief in meinem Herzen und wenn ich daran denke, zaubert es mir ein Lächeln auf mein Gesicht.

Ich sitze da und schwelge in Erinnerungen. Vor mir liegt noch immer das leere, weiße Blatt Papier. Mein Blick fällt auf ein Buch - mein Tagebuch.
Mein Tagebuch, das seit zwei Jahren mein Wegbegleiter, ja mein Seelenpartner ist. Ich habe wieder angefangen zu schreiben, als mein Leben sich von einer Sekunde auf die andere um 180 Grad gewendet hat.
Ich nehme es in die Hand, blättere darin herum ...

19. April 2006

Mein Leben fühlt sich gerade an, als sei es völlig aus der Bahn geworfen. Und ich habe den Überblick, das Ruder, es zu steuern, verloren ... Ich treibe ...
Ich habe Krebs. Ich? Warum ich? Was habe ich getan? Ich habe mich doch immer gesund ernährt, treibe viel Sport, zum Ausgleich sogar Qi Gong. Heute erhielt ich den Befund von einem Knoten, der laut meinem Arzt eigentlich nur eine Drüsenentzündung sein sollte und den er mir vor einer Woche heraus operiert hatte. Aber nun scheint alles anders: „Mamakarzinom". Bösartiger Tumor. Brustkrebs. Ein Schock.

Als ich heute Mittag von der Arbeit nach Hause kam, saßen mein Mann und meine älteste Tochter im Wohnzimmer. Ich trat zur Tür herein, sah beide weinen und wusste sofort, dass etwas Schreckliches passiert war. In diesem Moment fiel ich in ein tiefes dunkles Loch, von dem ich glaubte, nie mehr herauszukommen. Ich fühlte mich total hilflos, zitterte. Es kam mir vor wie ein Alptraum und ich hoffte nur, aus diesem bösen Traum wieder aufzuwachen. Aber es war kein Traum. Ich hatte das Gefühl, in diesem Moment tatsächlich sterben zu müssen. Ich hatte nur noch Angst, Panik. Ich rief meine Geschwister und meine Freundin an. Wir lagen uns in den Armen und weinten. Meine Schwester Christine sagte zu mir: „Martina, das hast 'du' von uns Dreien bekommen müssen, weil du die Stärkste von uns bist." Das Ganze tröstete mich zwar ein wenig, aber in meinem Kopf wuchsen tausend Fragen, die mir niemand beantworten konnte. Wie weit war der Krebs schon? Was wird aus meinen Kindern? Muss ich bald sterben?
Als ich so da saß und das Gefühl hatte, die Angst erdrückt mich, erinnerte ich mich an einen guten Freund, der mir einmal erzählt hatte, dass er einen Freund hat, der Arzt ist und der schon vielen Krebskranken geholfen hatte. Später an diesem Abend rief ich den Arzt an und erzählte ihm alles am Telefon. Er gab mir den Tipp, dass ich meine Ernährung radikal umstellen müsse. Das hieß für mich, nichts tierisches mehr zu mir zu nehmen, also kein Fleisch, keine Wurst, Käse, Joghurt und diese Dinge.
Ich sollte auch auf weißes Mehl und Zucker verzichten. Ich

glaube, ich hätte in diesem Moment alles getan und alles versprochen, nur um von diesem Alptraum wieder erlöst zu werden. Ich suchte nach einem Rettungsanker.

Bin heute Abend noch spazieren gelaufen, musste in Ruhe über alles nachdenken, meine Gedanken ordnen. Ich lief direkt in den Sonnenuntergang hinein und fragte mich, wie viele Male ich das noch erleben werde. Ich hoffte und wünschte mir nur, dass es noch viele Male sein wird.

Tränen laufen über mein Gesicht. Frage mich zum tausendsten Mal, warum ich krank geworden bin. Habe große Angst vor dem, was auf mich zukommt.

21. April 2006

Meine Schwester hat mir die Adresse von einer Privatklinik gegeben. Dort waren wir heute. Wir hatten ein langes Gespräch mit einer Ärztin. Sie wollen mich erneut operieren, einen Lymphknoten entfernen. Eine Chemotherapie durchführen. Ich habe nur noch Angst. Ich sitze auf dem Stuhl und weiß nicht, was ich tun soll. Die Ärztin schaut mich mit einer Mischung aus Mitgefühl und fragenden Augen an. Ich fand sie eigentlich ganz nett, wenn sie nur keine Ärztin wäre und mir nicht so schlimme Sachen sagen würde. Ich will das alles nicht hören ... Mein Bauch fühlt, mein Kopf sagt, das musst du tun, du hast drei Kinder, die dich brauchen. Ich hänge total in der Luft. Mein Mann schaut mich an, er drängt mich zu keiner Therapie, sagt, dass ich das ganz für mich alleine entscheiden müsse, er mich, egal wie ich mich entscheide, unterstütze, worüber ich ihm sehr dankbar bin. Ich sagte, ich müsse mir das alles noch mal durch den Kopf gehen lassen, noch sei der Schock zu groß. Wir fahren die drei Stunden schweigend nach Hause. Ich schließe meine Augen und frage mich was richtig ist. Richtig für mich, richtig für meine Kinder.
Abends kamen mein Vater, meine Schwiegermutter und meine Schwester zu uns. Alle redeten, alle meinten es gut mit mir. Ich nahm das Ganze wie durch eine Nebelwand wahr. Hatte plötzlich

Todesangst. Ich wollte nur noch meine Ruhe und wünschte mich weit weg. Wollte nicht denken, nicht reden, wollte nur aus diesem Alptraum erwachen.

Schatten, die auf unser Leben fallen, sind nichts anderes als ein sicheres Zeichen dafür, dass es irgendwo ein Licht geben muss, und dass es sich lohnt, zu suchen.

Habe ich die Kraft, dieses Licht zu finden?

22. April 2006

War heute bei meiner Freundin. Sie sagte, dass sie Angst um mich hat, und dass sie mich als Freundin noch länger braucht. Wir saßen zusammen da und weinten.

Ich fühle mich so hilflos. Weiß nicht, was ich machen soll. Ich habe das Gefühl, mein Leben ist morgen zu Ende. Weiß nicht, ob ich der Chemo und der Operation zustimmen soll.

Wünsche mir im Moment nichts sehnlicher, als dass mir jemand die Entscheidung abnimmt und mir dann eine Garantie dafür gibt, dass ich wieder gesund werde. Wer kann mir helfen?
Ich erlebe gerade die schlimmste Zeit meines Lebens.

24. April 2006

Heute hatte ich einen Termin in einer Frauenklinik. Es war ein Alptraum. Ich musste in den Keller, um jede Menge Untersuchungen an mir durchführen zu lassen. Es war dunkel, kalt, die Schritte hallten auf dem Flur. Am liebsten wäre ich weggelaufen. Doch ich traute mich nicht.
Die Ärzte sagten mir dann knallhart ins Gesicht: „Sie haben Krebs. Wollen sie leben oder sterben?!" Operation müsse sein, Chemo und Bestrahlung auch. Wenn ich das wollte, könnte ich mir auch von beiden Brüsten das Drüsengewebe entfernen …

und mir ein Implantat einsetzen lassen. Alles nur furchterregend ... Überall saßen Frauen im Alter von etwa fünfzig Jahren aufwärts, und ich mit meinen erst Dreiunddreißig mittendrin. Ich fragte mich, was ich hier soll, hätte am liebsten laut los geschrien, wünschte mir wie so oft in den letzten Tagen, dass ich endlich aus meinem Traum aufwache.
Ich wache aber nicht auf. Das wird mir klar. Ich muss das durchstehen. Soll ich in die OP einwilligen? Ich bin ratlos, wünsche mir wieder, jemand kann für mich die Entscheidung treffen.

26. April 2006

Habe lange nachgedacht ... und bin zu dem Entschluss gekommen, dass ich auf keinen Fall eine Chemotherapie machen will!
Ich bin mir noch nicht sicher, ob das der richtige Weg ist.
Frage mich immer wieder, was Krebs eigentlich ist. Woher er kommt. Warum er in mir ist.
Mir ist ein Buch in die Hände gefallen, in dem ein kurzer Auszug von einem Dr. Edward Bach zu lesen ist.

„Krankheit ist weder Grausamkeit noch Strafe, sondern einzig und allein ein Korrektiv, dessen sich unsere eigene Seele bedient,
um uns auf unsere Fehler hinzuweisen,
um uns vor größeren Irrtümern zurückzuhalten,
um uns daran zu hindern, mehr Schaden anzurichten und
um uns auf den Weg der Wahrheit und des Lichts zurückzubringen, von dem wir nie hätten abkommen sollen.“

Was ist meine Wahrheit? Wonach sehnt sich meine Seele? Was habe ich falsch gemacht?
Stimmen mein Körper, mein Geist und meine Seele nicht überein?
Ich habe so viele Fragen ...

Eine Inderin sagte mir einmal, dass ein Mensch aus sieben

Hüllen, Schichten oder Körpern bestehe. Alle sieben seien Weiß, wenn wir unsere Reise als individuelle Seelen anträten. Durch unsere Gedanken, Worte und Taten würden sie nach und nach dunkler, und wenn die Seele zurück nach Hause wollte, müssten wir sie alle sauber mitbringen. Der Sinn einer Krankheit bestehe immer in der Reinigung von Körper und Geist.

Ich glaube, das ist nun meine Arbeit, die vor mir liegt. Aber werde ich es schaffen? Ich weiß ja gar nicht, wie ich das machen, wo ich anfangen soll.

27. April 2006

Heute habe ich zwei Telefonate geführt, die sehr hilfreich und tröstend für mich waren. Das erste war mit einem Mann aus meiner Gegend. Auch er war krank. Er hatte Metastasen und die Ärzte gaben ihm nur noch sehr wenig Zeit. Er erzählte mir, dass er seine Ernährung komplett umgestellt hatte, so wie ich es jetzt auch schon getan habe. Er hat sein Leben in Frage gestellt und sich mehr Zeit für sich genommen, bewusst auf seinen Körper geachtet, und seinem Bauchgefühl vertraut. Wenn er mutlos oder traurig war, vertraute er sich Gott an. Im Gebet fand er die Kraft und die Zuversicht und schöpfte Hoffnung, dass alles gut werden wird.
Nach diesem Gespräch hab ich noch mit dem Freund eines Bekannten telefoniert. Er hat eine Ausbildung als TCM-Arzt (Traditionelle Chinesische Medizin) und ist 4fach ausgebildeter Qi Gong-Lehrer. Er erklärte mir ein paar Qi Gong-Übungen, die bei Krebserkrankungen unterstützend zur Heilung beitragen können. Seit einem Jahr praktiziere ich selbst intensiv die siebentausend Jahre alte Chinesische Heilgymnastik, bei der man durch entspannende, teilweise meditative Übungen und richtige Atmung die Lebensenergie, das Chi, wieder zum fließen bringt. Jetzt erst wird mir klar, warum ich vor ein paar Wochen, als ich beim Qi Gong-Training war, plötzlich eine totale Unebenheit auf der körperlichen Ebene verspürte. Ich fühlte mich total schief, meine rechte Körperseite war ganz heiß, während sich die linke eiskalt anfühlte. Mein Körper befand sich zu dem Zeitpunkt schon in

Disharmonie.
Hänge mich zurzeit an jeden guten Rat, weil ich mich allein so hilflos fühle und meine Angst vor der Zukunft so groß ist.

5. Mai 2006

War noch mal zu den Untersuchungen in der Frauenklinik. Sie wollen mich operieren. Ich stimmte zu. Habe nicht den Mut, auf meinen Bauch zu hören. Der Narkosearzt kam, besprach mit mir alles. Ich sollte am darauffolgenden Morgen an die Reihe kommen. Von einer Ärztin bekam ich noch einen großen gelben Ordner mit über 300 Seiten und dem Titel „Das Überlebensbuch bei Brustkrebs". Ich lag in meinem Bett, draußen war strahlender Sonnenschein, die Blätter der großen Eiche vor meinem Fenster wehten im Wind. In mir war eine tiefe Ruhe.
Ich nahm alles nicht richtig war, meine Seele und mein Geist waren ganz weit weg. Ich träumte mich an einen Ort, wo ich glücklich war, wo es keine Krankheiten und keine Angst gab. In mir war dadurch ein nie gekannter Friede. War es der Schock oder wollte ich mich beschützen?
Ich glaube, das war ein Schutz, damit ich diese Tage in der Klinik durchhalte. Ich betete um ein Zeichen von Oben, fragte, was richtig, was falsch ist.
Der Tag ging irgendwie vorüber, ich lag noch immer in meinem Bett, als mein Blick wieder auf dieses Überlebensbuch bei Brustkrebs fiel. Ich nahm es in die Hand und schlug eine Seite auf. Ich konnte nicht glauben, was ich da las. Auf dieser Seite, 186, standen genau die Behandlungsmethoden, von denen ich innerlich wusste, dass sie das Richtige für mich waren. Es wurde von Ernährungsumstellung, QI Gong, dem Glauben an sich selbst und Bachblüten geschrieben. Ich wusste, dass ich ein Zeichen bekommen hatte. Ich ließ einen Arzt zu mir kommen, dem erzählte ich davon und sagte meine OP ab. Er versuchte noch, mich zu überreden, sagte, dass wenn ich die Behandlung nicht mache, ich in einigen Jahren nicht mehr lebe. Hielt mich, glaube ich, für total verrückt.
Aber ich ließ mich nicht beirren, obwohl seine Worte in mir doch wieder Angst ausgelöst hatten. Auf eigene Verantwortung habe

ich dann das Krankenhaus verlassen.

Ob es das Richtige für mich war, wusste ich nicht, aber jetzt, zu diesem Zeitpunkt, war es das Beste für mich. Ich glaube, ich hätte das Ganze nicht überstanden.

Morgen habe ich einen Termin bei meiner homöopathischen Ärztin. Sie teilt manche Ansicht mit mir, zu ihr habe ich Vertrauen.

Glaube nicht nur, weil Experten es behaupten.
Glaube nicht nur, weil es immer so war.
Glaube nicht nur, weil andere es auch so sehen.
Prüfe und erfahre du selbst.

Kalama Sutra

9. Mai 2006

War heute bei meiner Ärztin. Bei ihr fühlte ich mich zum ersten Mal seit meiner Erkrankung geborgen und verstanden. Bei ihr war meine Krankheit nicht mehr ganz so schlimm. Und bei ihr musste ich an der Krankheit nicht sterben, wovor ich nach wie vor große Angst hatte.

Sie redete lange mit mir, tröstete mich und machte mir Mut. Sie sagte, dass meine Krankheit mich auf etwas aufmerksam machen will, das meine Seele rebelliert!

Sie meinte, ich soll mir Gedanken darüber machen, was in meinem Inneren uneins ist mit mir, was meine Seele krank gemacht hat.

Auch sagte sie mir, dass ich diese Gedanken beobachten soll, ihren Fortgang, und dass ich jeden negativen Gedanken wegschicken soll. Ich soll mir vorstellen, dass mein Körper vollständig gesund sei.

Dann testete sie mich anhand von Kinesiologie aus, ob ich stark bin, ob ich Mut und Kraft habe, ob ich mich selbst liebe. Bei vielen Fragen viel mein Arm herunter, was ein 'Nein' bedeutete. Meine Brust testete sie anhand von einem Radius aus. Sie war bei 55 Grad, „100 wären perfekt", sagte sie. Das Ganze war sehr interessant für mich. Ich bin dankbar, dass es Frau Dr. Gerke gibt.

Sie hat es geschafft, mir für diesen Moment die Angst zu nehmen, hat es geschafft, dass ich am Ende des Tunnels ein Licht sehe.

10. Mai 2006

Letzte Nacht habe ich mich wieder in den Schlaf geweint. Mein Mann hatte Geburtstag. Es waren viele Gäste da. Alle waren gut drauf. Ich saß mit am Tisch und redete, lachte, doch tief in mir weinte ich. Ich fühlte mich einsam und allein gelassen. Ich kam mir vor wie in einer Spirale, aus der ich nicht mehr heraus komme. In mir ist es so traurig.
Mein Mann und ich erleben eine schwere Krise. Wir leben noch zusammen, doch im Grunde ist unsere Liebe füreinander nicht mehr da. Wir hatten schöne Jahre, haben drei wunderbare Kinder, doch alles ist so ...

Die letzten Monate haben wir oft über eine Trennung gesprochen. Jetzt kam meine Krankheit noch dazwischen. Weiß nun nicht mehr, was ich machen soll. Sollen wir uns trennen oder zusammen bleiben, nur weil ich krank bin? Ich habe Angst, dass die Menschen hier in unserem kleinen Dorf meinen Mann schlecht reden, weil er mich in dieser schwierigen Lage alleine lässt. Die Situation ist manchmal unerträglich, doch ich weiß, dass eine Trennung unumgänglich ist. Habe viel darüber nachgedacht, wie es soweit kommen konnte. Hätte im Traum nicht geglaubt, dass uns jemals so etwas passieren könnte. Wir sind ein Stück Weg gemeinsam gegangen. Irgendwann, als unsere Kinder älter und selbständiger wurden, ging jeder ein Stück seines Weges alleine, was eigentlich nicht schlimm war. Doch an der Weggabelung haben wir nicht mehr zueinander gefunden. Kann man oder soll man einfach so weitermachen, wenn das Herz nicht mehr kann, nicht mehr liebt? Ich kann das nicht. Ich will von ganzem Herzen lieben und geliebt werden. Ich brauche das.
Manchmal hab ich das Gefühl, einfach keine Kraft mehr zu haben, doch ich muss stark sein, wenn nicht für mich, dann für meine Kinder.

13. Mai 2006

War heute schon ganz früh am Morgen auf dem Hesselberg. Habe den Sonnenaufgang beobachtet und danach Qi Gong geübt. Es war einfach nur schön. Sonne, Vögel, Bäume, Natur pur. Ich war in diesem Moment einfach nur glücklich. Vergaß mal meinen ganzen Kummer, meine Ängste der letzten Tage.
Als ich heimkam, lag ein Brief von einer Bekannten im Briefkasten. Auch sie war vor ein paar Wochen an Brustkrebs erkrankt. Sie hat mir eine schöne Karte und eine CD mit dem Lied „Spuren im Sand" geschickt.

„Eines Nachts hatte ich einen Traum.
Ich ging am Meer entlang mit meinem Herrn.
Vor dem dunklen Nachthimmel erstrahlten,
Streiflichtern gleich, Bilder aus meinem Leben.
Und jedes Mal sah ich zwei Fußspuren im Sand,
meine eigenen und die meines Herrn.

Als das letzte Bild an meinen Augen vorübergezogen war,
blickte ich zurück. Ich erschrak, als ich entdeckte,
dass an vielen Stellen meines Lebensweges
nur eine Spur zu sehen war. Und es waren gerade die
schwersten Zeiten meines Lebens.

Besorgt fragte ich den Herrn: „Herr, als ich anfing,
dir nachzufolgen, da hast du mir versprochen,
auf allen Wegen bei mir zu sein. Aber jetzt entdecke ich,
dass in den schwersten Zeiten meines Lebens
nur eine Spur im Sand zu sehen ist. Warum hast du mich
verlassen, als ich dich am meisten brauchte?"

Da antwortete er: „Mein liebes Kind, ich liebe dich.
Und werde dich nicht allein lassen, erst recht nicht in Nöten
und Schwierigkeiten. Dort, wo du nur eine Spur gesehen hast,
da habe ich dich getragen."

Ich kannte das Lied nicht. Als ich es mir anhörte, liefen mir Tränen über meine Wangen. Das Lied hat mich getröstet, mir Mut gemacht.   Danke Elisabeth

14. Mai 2006

Mein Vater sorgt sich um mich. Ich glaube, er hat vor allem Angst, weil ich mich nicht habe operieren lassen. Ich habe versucht, ihm meine Ansicht, mein Denken und meine Entscheidung zu erklären. Ich glaube, er hat es nicht richtig verstanden.
Das Schöne an unserer Unterhaltung aber war, dass ich diesmal keine Angst hatte. Vor ein paar Tagen noch hätte mich so ein Gespräch total herunter gezogen. Ich saß in dem Moment da und wusste, dass ich es schaffe. Ich meditiere täglich, übe Qi Gong, atme die Sonne in meine Brust, in meinem Körper, ich habe viele gute Freunde um mich, die mir sehr gut tun.
Ich werde wieder gesund! Meine kranken Zellen werden wieder zu guten Zellen. Ich werde meine Kinder aufwachsen sehen und werde in vielen, vielen Jahren vielleicht meinen Enkelkindern Geschichten vorlesen oder ihnen meine Geschichte erzählen.
Das ist meine Hoffnung, das stärkt mich. Ich will leben.

16. Mai 2006

Ich durfte heute etwas erleben, das mich tief in meinem Herzen berührt hat.
Ich besuchte heute den Mann, der auch Krebs hatte. Er und seine Frau waren sehr nett zu mir. Wir haben uns lange unterhalten. Sie haben eine ähnliche Einstellung wie ich. Das Gespräch mit ihnen hat mir so gut getan. Sie verstanden mich, gaben mir Mut. Spät am Abend, als ich gehen wollte, fragte der Mann mich noch, ob er ein Gebet sprechen darf. Ich freute mich darüber.
Er dankte Gott dafür, dass er mich zu ihnen geführt hat. Dass ich soviel Kraft habe. Er bat um Kraft und Mut für uns und unsere Familien und er dankte Gott, dass er für uns da ist. Ich war tief gerührt, die Tränen standen mir in den Augen. Danach nahm er meine Hand und wünschte mir alles Gute. So etwas hab ich noch nie erlebt. Es war eine so liebevolle Geste. Ein Mann, den ich erst ein paar Stunden kannte, betete mit seiner Frau für mich und dankte Gott dafür, dass sie mich kennenlernen durften.
Womit hab ich das verdient? Auf dem Heimweg im Auto musste

ich weinen. Wie schon mehrmals seit meiner Erkrankung hat mich eine solche unverhoffte Begegnung stark berührt.

18. Mai 2006

Gestern waren zwei Arbeitskollegen von mir da. Eigentlich sind es gute Freunde. Ich habe mich sehr darüber gefreut, sie mal wieder zu sehen, mit ihnen zu sprechen. Ich glaube, ihnen ist es auch so ergangen. Wir haben einen schönen Abend zusammen verbracht, und ich konnte für ein paar Stunden meinen ganzen Kummer vergessen. Jeder hat mir einen Spruch auf seine Visitenkarte geschrieben, um mich aufzubauen.

Jü, inzwischen ein sehr, sehr guter Freund schrieb:

„Hast du Kummer, hast du Sorgen, wähle einfach meine Nummer. HDL"

Helmut schrieb:

„Von Herzen wünsch ich dir 'nen Gnom, der wegzaubert dein Karzinom. Komm bald wieder."

Irina schrieb:

„Wünsch dir alles Gute, und wenn du mal 'nen schlechten Tag erwischst, denk einfach an meinen Spruch zurück."

Judith, eine neue Kollegin, die ich noch nicht persönlich kenne, schrieb:
„Jeder Mensch hat einen Schutzengel, er möchte nur um Schutz gebeten werden."

Zusammen schrieben sie dann noch alle:

„Liebe Martina, wir wissen, was wir an dir haben, auch wenn wir es nicht immer sagen. Doch, was wären wir ohne dich. Vergiss es nicht, wir brauchen dich."

Ich war sehr gerührt. Musste meine Tränen unterdrücken, um nicht wieder los zu weinen.
Es tut mir so gut zu wissen, dass jemand an mich denkt.

22. Mai 2006

Ich sitze hier an meinem Lieblingsplatz auf dem Hesselberg. Hier fühle ich mich im Moment am allerwohlsten. Die Sonne scheint, der Wind bläst in mein Gesicht und durch mein Haar, die vielen Blätter an den Bäumen rascheln und rauschen, die Vögel zwitschern und hin und wieder fliegt ein Schmetterling umher.
Ich sitze da und denke über mein Leben nach ...
Meine Ehe ist nun endgültig zu Ende. Ich kann einfach nicht mehr, empfinde keine Liebe mehr für meinen Mann. Ich will die Trennung. Brauche Luft. Muss an mich denken. Meine Ehejahre laufen wie ein Film ab. Es waren schöne Jahre, und ohne dass wir es bemerkt haben, hat sich der Alltag eingeschlichen und dann war es zu spät. Ich bin sehr traurig darüber. Doch nach jedem Ende kommt ein Neuanfang.
Ich schaue in die Sonne, höre den Wind, eine Schulklasse läuft vorbei - Geschnatter, Lachen, der Lehrer pfeift. Es ist so friedlich. Warum kann es nicht immer so sein?

24. Mai 2006

Heute hat ein Freund meiner Familie angerufen. Er ist in unserer Nachbarschaft aufgewachsen. Ich erinnerte mich daran, dass er sonntags immer zum Essen kam. Es gab immer Pfannkuchen Suppe. Einmal, es war an einem heißen Sonntagmorgen, ich war damals vielleicht fünf Jahre alt, hat er mich auf der Schaukel angeschubst, sodass ich ganz hoch schaukelte. Ich hatte das Gefühl, in den Himmel fliegen zu können. Es war so ein schönes Gefühl. Ich werde es mein Leben lang nicht vergessen. Wünsche mir in diesem Moment so sehr das Gefühl dieser Leichtigkeit und Sorglosigkeit aus meiner Kindheit zurück.

26. Mai 2006

Mein Mann und ich haben mit unseren Kindern gesprochen, ihnen erklärt, dass ihr Papa ausziehen wird. Es hat mir fast das Herz zerrissen, sie so traurig zu sehen. Mein Mann und ich werden alles tun, damit sie nicht allzu sehr darunter leiden.
Heute war es dann soweit. Ich habe beim Packen geholfen. Es tut so sehr weh ... fünfzehn Jahre, eine lange Zeit, die man nicht so einfach in den Karton packen und vergessen kann. Ich bin froh, wenn wir das Ganze hinter uns gebracht haben. Trotzdem saß ich da und habe geweint. Geweint, weil es vorbei ist, weil es nicht ein Leben lang gehalten hat, so wie ich mir es immer erträumt habe.

Aber alles hat seinen Sinn. Wir fangen beide noch mal von vorne an. Für mich ist es jetzt am wichtigsten, wieder gesund zu werden. Meine Kinder brauchen mich. Ich hoffe, sie leiden nicht so sehr unter der ganzen Situation.

30. Mai 2006

Heute hat mich meine gute Freundin, die ich schon seit dem Kindergarten habe, angerufen. Ich bin froh, dass sie es getan hat. Ich spürte nämlich seit einigen Tagen, dass sie mich anrufen will, sich aber nicht traut.
Und genau so war es dann auch. Sie erzählte mir, dass sie total geschockt war, dass sie aber keine Sekunde daran gezweifelt hat, dass ich es schaffe. Sie dachte sich, die Martina ist stark, wenn es jemand schafft, dann sie. Sie hat mir, indem sie das sagte, so viel Mut gegeben. Dafür bin ich ihr sehr dankbar und schöpfe Kraft daraus.
Sie ist selbst sehr krank, sie leidet seit ein paar Jahren an Multiple Sklerose.
Wir versprachen uns gegenseitig, nicht aufzugeben.

Freundschaft verstärkt das Glück und verhindert das Leid, sie verdoppelt unsere Freude und halbiert die Schmerzen.

Ich sitze jetzt hier an meinem Schreibtisch. Regentropfen prasseln ans Fenster, Vögel pfeifen, die Schafe vom Nachbarn blöken und ein Blitz durchzuckt den Abend.
In mir ist eine große Ruhe. Eine Harmonie, wie ich sie schon lange nicht mehr gespürt habe. Ich genieße das sehr.

Wenn man die Sonne im Herzen hat, kann einem selbst ein Unwetter am Himmel nichts anhaben.

31. Mai 2006

Habe die letzten Wochen viele Bücher gelesen. Bücher über Licht und Energiearbeit, über Atemtechnik, Ernährung und wie man Meditieren lernt.
Ich habe diese Bücher regelrecht verschlungen. Das alles ist so interessant. Im Moment lese ich ein Buch, in dem steht, dass man wieder gesund wird, wenn man sich selbst liebt. Die meisten Menschen haben keine Selbstliebe. Sie denken meist negativ über sich und andere, und es ist ihnen gar nicht so bewusst. Ich glaube, dass jeder Mensch diese Liebe tief in seinem Unterbewusstsein trägt, es aber gar nicht mehr weiß, da er den Glauben und das Bewusstsein nicht mehr hat. Er hat verlernt, die Liebe in sich selber zu suchen. Anstatt auf sein Inneres zu hören, suchen wir die Liebe immer bei anderen, und sind dann enttäuscht und traurig, wenn wir sie nicht bekommen.

Liebe ich mich so wie ich bin?

Ich weiß es nicht. Und ich weiß noch immer nicht, warum ich krank geworden bin. Habe lange über das nachgedacht, was meine Ärztin sagte, doch ich bin noch nicht darauf gekommen, warum meine Seele, warum ich - krank bin, was mein Problem ist, wo ich anfangen kann, an mir zu arbeiten.

1. Juni 2006

Spüre wieder etwas Glück in mir, und es gibt Momente, da könnte ich die ganze Welt umarmen. Bin dankbar, dass meine Gebete erhört wurden.

Ich war heute bei meiner Ärztin. Die Gespräche mit ihr und ihre Einstellung zum Leben, die sie mir vermittelt hat, haben mir in den letzten Wochen sehr geholfen. Sie hat mir bewusst gemacht, dass ich die Krankheit bekommen habe, um in oder an meinem Leben etwas zu verändern. Mir ist klar geworden, dass ich mich von manchen Einstellungen verabschieden muss, und dass ich durch diese Krankheit eine Chance bekommen habe, mich für das Wesentliche im Leben zu öffnen.

In dem Buch „Ein neuer Anfang" stehen zehn Gebote. Ich glaube, wenn man nach ihnen lebt, kann man sich glücklich schätzen.

1 Strebe danach, glücklich zu sein.
2 Finde tausend Gründe, um zu lachen.
3 Finde tausend Gründe, um sich selbst und andere zu loben.
4 Erkenne die Schönheit in der Natur, in Tieren und Menschen.
5 Finde tausend Gründe, um zu lieben.
6 Tue und denke erhebende Dinge.
7 Suche nach Möglichkeiten, andere zu erheben.
8 Strebe danach, dich wohl zu fühlen.
9 Erkenne, dass sich dein Wert nur daran messen lässt, wie glücklich du bist.
10 Anerkenne, dass du vollkommen frei bist, dies alles zu tun oder es nicht zu tun; du allein triffst in jedem Moment deines Lebens die Entscheidung.

10. Juni 2006

Endlich ist es Sommer. Ich habe plötzlich richtig viel Energie. Ich genieße jeden einzelnen Tag. Manchmal kommt die Angst wieder hoch. Ich beginne zu zweifeln, ob ich den richtigen Weg gegangen bin.
Dann setze ich mich hin, meditiere und bete. Danach geht es mir meist besser.
Mir kommen gerade die Fragen, die ich mir als Kind immer und immer wieder gestellt habe, in den Sinn: Warum bin ich ich? Wo komm ich her? Warum hab ich diesen Körper, diese Seele, diesen Geist?
Habe ich mir das selbst ausgesucht? Das habe ich mich als Kind bestimmt tausendmal gefragt, und nie eine Antwort gefunden. Werde ich sie jemals finden? Tief in meinen Inneren weiß ich, dass es eine Antwort darauf gibt. Manchmal habe ich das Gefühl, ihr nahe zu sein, mich an etwas Unterbewusstes zu erinnern, aber ich schaffe es nicht.

Niemand ist wie du.
Niemand in deinem Land, auf dem Kontinent, auf dem dritten Planeten dieses Sonnensystems, in der Galaxie, die wir die Milchstraße nennen.
Niemand – weil du einzigartig bist.

15. Juni 2006

Heute hatte ich ein Erlebnis, das ich nicht richtig deuten kann, auf das ich keine Antwort finde. Ich saß heute bei einer Bekannten auf der Terrasse, die Sonne schien, wir unterhielten uns, und plötzlich streifte ein paar Mal etwas über mein Dekolleté. Zuerst glaubte ich, dass es meine Haare wären, ein Windhauch vielleicht. Das war es aber nicht. Es war so leicht, so warm. Ein Gefühl, wie eine weiche Feder.

War es ein Engel?

20. Juni 2006

Habe wieder zu arbeiten angefangen. Es hat mir sehr gut getan. Alle haben sich gefreut, mich wiederzusehen. Vor allem Jü, ein Kollege und sehr guter Freund, mit dem ich über alles reden kann, obwohl er viele Jahre jünger ist als ich und fast mein Sohn sein könnte. Er hat für mich immer ein Ohr und auch ich bin für ihn immer da. Ich habe auch meine neue Arbeitskollegin kennen gelernt, die mir eine Karte geschrieben hat. Wir haben uns auf Anhieb verstanden und hatten das Gefühl, uns schon ewig zu kennen. Sie meint, dass es kein Zufall ist. Sie hat für mich, obwohl sie mich noch nicht kannte, gebetet. Wenn ich so etwas höre, fühle ich mich so stark berührt und muss aufpassen, dass die Tränen nicht wieder kommen. Vielleicht wird aus unserer Begegnung eine echte Freundschaft ...

25. Juni 2006

Ich denke im Moment wieder viel über den Sinn des Lebens nach. Warum ich hier bin? Welche Aufgabe ich habe und vor allem, warum ich krank geworden bin?
Klar, die Schulmedizin sagt, es gäbe verschiedene Gründe. Die Hormone, die Erbbelastung, da meine Mutter auch an Brustkrebs gestorben ist. Ich glaube das aber nicht. Ich habe gelesen, dass jeder Mensch für sein eigenes Leben verantwortlich ist. Er kommt, um eine Aufgabe zu erfüllen, um etwas zu lernen, und trägt selbst die Verantwortung für sein Leben, in Krankheit und Gesundheit.
Tief in mir hab ich einen verborgenen Schatz, ich habe es aber noch nicht geschafft, ihn herauf zu holen, um zu erkennen, was mir bewusst werden soll.

Manchmal fühle ich in mir eine tiefe Einsamkeit, aber auch eine Sehnsucht nach etwas, das ich nicht genau benennen kann. Ich bin dann nur unendlich traurig, weiß aber nicht so recht, warum.

9. Juli 2006

Im Moment fühle ich mich wieder etwas wohler. Hatte einen Tiefpunkt. Grübelte viel, hatte Angst und nachts habe ich mich in den Schlaf geweint. Ein Gespräch mit einem besonderen Menschen hat mich wieder aufgebaut. Jetzt bin ich wieder voller Zuversicht, dass doch alles gut wird.
Ich behalte meine Ernährung- also nichts tierisches, keinen weißen Zucker, kein Mehl, bei. Stattdessen esse ich viel Obst, rohes Gemüse, Nüsse und Vollkornprodukte.
Ich fühle mich rundum wohl. Ich bin Ich. Ich alleine bestimme mein Leben. Mich haut so leicht nichts mehr um. Ich will mein Leben leben.
Gestern sagte jemand zu mir: „Du hast doch das schönste Leben, bist ungebunden, bist bei jedem beliebt, schaust gut aus."
Ich dachte darüber nach. Eigentlich hatte er Recht. Doch irgendetwas ist in meinem Inneren, das mich unendlich traurig macht
... Das Schlimme ist, dass ich nicht weiß, warum.
Heute Morgen weckte mich die Sonne. Was gibt es Schöneres? Bin gleich, nachdem meine Kinder zur Schule gegangen sind, auf den Hesselberg gefahren, um zu üben. Nach dem Qi Gong fühle ich mich immer leicht und beschwingt. Mein ganzer Körper wird von Energie durchströmt, alles kribbelt.
Ich war weich wie eine Wolke. Ich ging barfuß über das noch feuchte Gras, in dem so viel Kraft steckt. Wer noch nie frühmorgens barfuß über ein Gras gelaufen ist, sollte es unbedingt mal machen. Es geht einem danach richtig gut.
Ich nehme die Natur, die Menschen um mich herum, seit meiner Krankheit viel bewusster wahr. Ich sehe Dinge, denen ich früher nur einen kurzen Blick zugeworfen habe, jetzt mit ganz anderen Augen. Meine Erkrankung sollte mich wachrütteln, das spüre ich jetzt.

15. Juli 2006

Die Arbeit lenkt mich tagsüber ein bisschen von meiner Krankheit ab. Ich denke manchmal den ganzen Tag nicht daran. Doch abends, wenn meine Kinder im Bett sind und ich alleine bin, kommt die Angst zurück. Sie ist so mächtig. Ich kann mich fast nicht dagegen wehren. In solchen Situationen frage ich mich, was noch alles auf mich zukommt. Wie mein Weg sein wird?

Ich erinnere mich dann an die Worte meiner Ärztin, die mich immer wieder aufbauen.

Die Vergangenheit ist vorüber.
Die Gegenwart ist der Augenblick.
Die Zukunft ist ein Geheimnis.

Diese drei Sätze trösten mich dann, und ich bekomme wieder Mut. Und tief in mir ist ein kleines Etwas, vielleicht eine kleine Flamme, die mich stark macht und mich wärmt, und dann weiß ich, dass ich meinen Weg gehen werde, meinen eigenen Weg.
Ob er eben ist oder steinig wird, ob er mir Freude bringt oder Enttäuschung ... Ich werde ihn gehen. Ich wünsche mir nur, dass ich auf diesem Weg der Liebe in mir, auf den meine Seele mich führt, der Freude, der Harmonie und dem Bewusstsein begegne und dass ich, egal wie mein Weg sich entwickeln mag, dass ich ihn mit vollem Herzen gehe. Wer seinem Herzen folgt, ist auf dem richtigen Weg.

Daran glaube ich.

20. Juli 2006

Wenn es mir einmal nicht so gut geht oder ich nicht gut drauf bin, wenn ich Angst habe, dann sollte ich mich mit etwas Schönem belohnen oder einen Ort aufsuchen, an dem ich wieder Kraft tanke, an dem ich mich wohl fühle. Für mich ist so ein Ort der Hesselberg. Es gibt nichts Schöneres für mich, als mich dort auf eine Bank zu setzen, die Düfte der Kräuter tief einzuatmen, das Gras im Wind wehen zu sehen, die Vögel beim Vorüberfliegen zu beobachten, dann und wann etwas Rascheln zu hören, die Seele baumeln zu lassen, um den Kummer einfach zu vergessen.

Die Sonne, ein großer orange-roter Ball, in weiter Ferne unter-gehen zu sehen ... Einfach nur dazusitzen, nichts zu reden, nur im Hier und Jetzt zu sein ... Ich wünsche mir, der Augenblick möge nie vergehen.

Den Himmel in all seinen prächtigen Farben bei Sonnenunter-gang tief in mich einzusaugen ... Die Nacht heraufziehen zu se-hen und die ersten Sterne zu beobachten, die mehr und mehr die Dunkelheit beleuchten. Den großen Wagen am weiten Him-mel zu suchen. Später Musik zu hören, die zu Herzen geht, im-mer noch auf dieser Bank.

Stille, Harmonie, Ruhe in mir - und um mich herum. Das genie-ße ich sehr.

Und das alles mit einen lieben, guten Freund, der die gleiche Wellenlänge, die gleichen Träume hat.

Das ist eigentlich alles unbeschreiblich ... Ein tiefes Gefühl im Herzen, so hell und warm wie Sonnenlicht, kostbarer als alles Gold der Welt.

Eine tiefe Zufriedenheit, ein inneres Glücksgefühl.

Dieser wertvolle Augenblick, dieser Abend, so kostbar, so stark ... eine Kraftquelle, die ich tief in meinem Herzen fühle, und das Bewusstsein, dass ich sie, wenn es mir einmal nicht so gut geht, einfach herausholen kann.

Ein bewusster Augenblick, den ich in mir behalten möchte.

28. Juli 2006

Habe ein Buch über Zellkern-Informationen gelesen. Darin steht, dass ich mit meinen Zellen kommunizieren kann. Dass, wenn ich krank bin, meine Zellen nur ermüdet sind. Sie haben keine Energie mehr. Ich soll mit ihnen reden, sie geistig mit Farben beleuchten und zu ihnen sprechen, damit sie wieder aufwachen, wieder Kraft bekommen.

Das alles hört sich gut an und ich glaube auch daran. Doch es ist so schwer sich das Ganze vorzustellen, wie das gehen soll.

30. Juli 2006

Konnte heute mit meinem Lächeln einen alten, einsamen Menschen glücklich machen.

Ein Lächeln kostet nichts und bewirkt viel. Es bereichert die, die es empfangen, ohne die ärmer zu machen, die es geben. Es dauert nur einen Augenblick. Aber die Erinnerung währt manchmal ewig. Niemand ist reich genug, um es entbehren zu können, und niemand ist zu arm, um es nicht geben zu können.

Diesen Spruch habe ich auf einer Karte gelesen. Wer ihn geschrieben hat, weiß ich leider nicht. Ich weiß aber, dass diese Sätze aus tiefsten Herzen gekommen sind und dass dieser Mensch, der ihn geschrieben hat, mit seinem Herzen lacht.

20. August 2006

Viele Wege führen zum Ziel, aber nur mein eigener führt mich ins Glück. Ich gehe meinen Weg, meinen eigenen Weg. Wenn ich zurück schaue, was in den letzten Wochen alles passiert ist ...
Meine Krankheit, die Trennung von meinen Mann, die neuen Freundschaften.
All das waren wichtige Schritte, ja Wege, die mich dahin gebracht haben, wo ich jetzt stehe. Sie haben mich gestärkt, sie haben mich wachgerüttelt und mein Bewusstsein geöffnet. Es waren oder sind manchmal noch Steine, spitze Steine, die schmerzen, die weh tun, die mir Angst machen ...
Aber ich fühle mich trotz allem glücklich.
Heute sagte jemand zu mir, dass man Träume nicht träumen, sondern wahr werden lassen soll.
Ich habe Träume. Mein Traum seit Jahren ist, ein Buch zu schreiben. Ich weiß nicht über was, aber wenn der richtige Zeitpunkt da ist, brauche ich nicht zu überlegen. Die Zeilen werden sich von alleine mit Inhalt füllen. Ich werde meine Träume verwirklichen. Ich weiß nicht, ob es heute, morgen oder erst in ein paar Jahren sein wird. Ich werde merken, wann der richtige

Zeitpunkt gekommen ist.

Von meiner Freundin habe ich eine Karte bekommen, auf der stand:
Denn der langsamste, der sein Ziel nicht aus den Augen verliert, geht noch immer geschwinder als der, der ohne Ziel herum irrt.

Ohne meine Krankheit, die mich auf einen anderen Weg gebracht hat, hätte ich wahrscheinlich mein Leben lang nur so vor mich hingeträumt.

24. August 2006

Morgens aufwachen, die Sonne sehen, auch wenn sie von Wolken verhangen ist. Fühle mich frei, glücklich und habe Lust aufs Leben ... lachen, albern sein, Träume träumen, Luftschlösser bauen, jede Minute genießen. Vor Glück und Dankbarkeit manchmal weinen.
Dann aber wieder Angst haben, nachdenken, traurig sein, verzweifelt sein, Tränenbäche, die nicht aufhören zu laufen ... allein sein, einsam.

Ich wünsche mir, es wäre in dem Moment jemand da, der mich in den Arm nimmt, tröstet und die Sonne in meinem Herzen wieder heller und wärmer scheinen lässt.

21. September 2006

War heute beim Ultraschall. Es war nichts Auffälliges zu sehen. Ich war total erleichtert. Der Arzt sagte mir, dass man bei mir nie von einer Heilung sprechen könnte. Es kann in zehn, zwanzig oder dreißig Jahren wieder kommen. Für mich klingt das irgendwie unlogisch. Wer weiß, was morgen oder in dreißig Jahren ist?
Fliege in drei Tagen für eine Woche nach Mallorca zu einem Thai Chi-Kurs. Freue mich schon darauf und bin gespannt auf das, was ich dort lerne.

3. Oktober 2006

Habe eine Woche Thai Chi und Qi Gong-Kurs hinter mir. Es hat mir sehr gut getan. Nicht nur das Üben, sondern auch die Sonne und das Meer.
Ich konnte viel Energie tanken. Auch habe ich erfahren, dass man mit Bäumen, insbesondere Pinien-Bäumen sehr gut üben kann. Sie geben mir viel Kraft und Energie, wenn ich sie umarme und mich ihnen öffne.
Wir haben täglich bei Sonnenaufgang mit einem Baum geübt. Er hat mir viel Stärke gegeben.
Zur Erinnerung habe ich ihn fotografiert und ein Poster machen lassen. Er hängt jetzt bei mir im Wohnzimmer, und wenn ich ihn anschaue, spüre ich noch immer die Energie, die er mir gegeben hat.

22. Oktober 2006

Es ist Herbst geworden. Habe heute mit dem Mann, dessen Herz das meine berührt hat, einen langen Spaziergang bei Sonnenschein durch den bunten Blätterwald unternommen. Wir genossen es sehr, zu zweit durch den Wald zu laufen, die Blätter unter den Füßen rascheln zu hören. Ich fühlte mich beschwingt und einfach wohl. Es war wie in einem schönen Roman ... der Wald, die Blätter alles so schön bunt. Zwei Menschen, die zu der Zeit den Weg gemeinsam gehen wollen ... Der Herbst war schon immer meine liebste Jahreszeit. Ich kann mich an den bunten Bäumen und Sträuchern gar nicht satt sehen.

1. November 2006

Hatte gestern ein langes, intensives Gespräch mit einem lieben Menschen. Er hat die gleiche Einstellung und die gleiche Wellenlänge wie ich. Wir haben uns über Gott und die Welt unterhalten. Ich konnte mir vieles von der Seele reden. Es hat so gut getan. Reden ist so wichtig. Ich habe es in meiner Ehe so oft vermisst. Man redet über belanglose Sachen, über Kinder, aber über die eigentlichen Wünsche, Träume und das, was einen berührt, wird zu wenig geredet.

Irgendwann erkennt man es, und dann ist es vielleicht schon zu spät ...

Ich habe im Moment wieder viele Gedanken über die Frage, warum ich eigentlich krank geworden bin. War es der Zweifel, das Hin- und Her gerissen sein, ob mein Mann und ich uns trennen sollten?

23. November 2006

Heute wurde mein Glaube wieder auf eine harte Probe gestellt. Mein Telefon klingelte. Am Apparat war die Ärztin aus Erlangen. Sie fragte, wie es mir geht und welche Therapie ich gemacht habe. Sie meinte: „Sie wissen schon, dass sie operiert werden müssen". Ich verneinte das und sagte zu ihr, dass sie meine Akte schließen könnte. Am Telefon war ich stark. Aber danach ging es mir richtig schlecht. Die Angst kam wieder hoch. Ich sagte mir zwar: „Nein, von so einem Anruf lass ich mich nicht runterziehen", aber tief in meinem Unterbewusstsein hatte sich die Angst doch wieder breit gemacht. Ich erkannte es, weil ich heute Abend wieder eine leichte Blasenentzündung hatte. Die Blase hat nach TCM etwas mit der Angst zu tun.

Würde am liebsten wieder weit weg laufen ... schnell weglaufen, bevor meine Angst mich ganz einholt.

1. Januar 2007

Ein neues Jahr. Ich sitze hier, denke über das Vergangene nach. Es war ein Jahr voller Veränderungen in mir. Mein monatelanges Hin- und Hergerissen sein wegen der Trennung von meinem Mann, meine Krankheit, die mich für kurze Zeit in ein tiefes Loch fallen lies ...acht Monate, die ich so intensiv erlebt habe, wie noch nie.

Ich frage mich, was das neue Jahr mir bringen mag.
Ich wünsche mir, gesund zu bleiben. Ich will jeden Tag bewusst genießen, will mein Leben leben, meine Träume verwirklichen, will von Herzen lieben und geliebt werden.

11. Januar 2007

Gestern wurde mein Glaube, meine Kraft wieder aus den Ankern gerissen. Ich war beim Ultraschall, die Ärztin meinte, der Knoten, der sich an meiner Narbe befindet und den ich schon seit meiner Operation habe, gefällt ihr nicht. Ich war geschockt, bekam wieder Angst, meine Beine wurden wackelig.
Am Abend hatte ich dann ein langes Gespräch mit meiner Freundin. Sie sagte etwas zu mir, das mir sehr wichtig war.
Meine Angst war für einen kurzen Augenblick vergessen. Doch dann holt sie mich wie eine böse Schlange wieder ein, und ich kann mich nur sehr schwer von ihr befreien. Mir fehlt in solchen Momenten das Vertrauen zu mir selbst. Wie kann ich es finden?

Ich lasse dich nicht fallen und verlasse dich nicht.

22. Januar 2007

Heute habe ich eine Frau kennenlernen dürfen, die mich beeindruckt hat.
Ich musste meinen Namen und mein Geburtsdatum auf einen Zettel schreiben. Sie errechnete anhand der Buchstaben und Zahlen eine Zahl. Ich fand das spannend, da ich von so etwas schon einmal gehört hatte und mich die Esoterik schon als Jugendliche gefesselt hat. Ich hatte zu solchen Dingen schon immer einen Glauben. Ich habe die Zahl 'Zwei'. Die gleiche Zahl wie sie. Das machte mir Mut. Sie meinte, dass bei Krebskrankheiten immer innerer Groll dahinter stehen würde. Dass ich möglicherweise den Tod um meine Mutter noch nicht verarbeitet hatte.
Sie machte mir Mut und meinte, dass ich es schaffe, das Ganze

aufzuarbeiten.

Auch sagte sie mir, dass sie mich nur begleiten könne, mir helfen könne, mit mir eine Brücke bauen kann. Die eigentliche Arbeit aber, meine Denkmuster, muss ich selbst umprogrammieren. Über die Brücke muss ich ganz allein gehen. Wie lange das dauern wird, konnte sie mir nicht sagen.

Aber ich weiß, dass jeder Weg ein Ziel hat.

5. Februar 2007

Liebe ist der Mittelpunkt des Kosmos. Liebe ist auch in jeder Zelle meines Körpers. Ich sende meiner Seele positive, aufmunternde und liebevolle Gedanken.

Diese Affirmation habe ich heute bekommen. Ich habe zwar schon öfter etwas über Affirmationen gelesen und gehört, aber mir war nie klar, dass, wenn man sie immer wiederholt, dass sie sich irgendwann im Unterbewusstsein einspeichern.

Bin ich nun auf dem richtigen Weg?

13. Februar 2007

Ich beschäftige mich im Moment viel mit Meditation. Versuche es jeden Tag. War heute wieder bei meiner Ärztin. Sie erklärte mir wieder, dass ich meine innere Einstellung, meine Denkmuster ändern muss. Dass ich Ich sein darf und auch muss. Dass ich mich leben darf und soll.

Auch sagte sie, dass nur die 'wahre Liebe' heilt. Und zwar die Liebe zu einem selbst. Wenn man diese Selbstliebe erfährt, fühlt man sich leicht und weich. Es gibt dann keine Angst, keinen Neid, keine Eifersucht.

Wenn man sich selbst liebt, ist man im ewigen Glück.

Nur, wie lernt man das?

Meine Affirmation

Meine Selbstachtung wächst. Ich liebe mich und alle meine Mit-
menschen. Liebe bedeutet, frei zu sein und sein zu lassen.
Liebe bedeutet Geben statt Nehmen. Liebe bedeutet Mitgefühl
und Zulassen, geschehen lassen.

14. Februar 2007

Was es ist.

Es ist Unsinn, sagt die Vernunft.
Es ist, was es ist, sagte die Liebe.
Es ist Unglück, sagt die Berechnung.
Es ist nichts als Schmerz, sagt die Angst.
Es ist aussichtslos, sagt die Einsicht.
Es ist, was es ist, sagte die Liebe.
Es ist lächerlich, sagt der Stolz.
Es ist leichtsinnig, sagt die Vorsicht.
Es ist unmöglich, sagt die Erfahrung.
Es ist, was es ist, sagte die Liebe.

Heute wurde ich durch eine Geste stark berührt. Zum zweiten
Mal zeigte mir ein Mensch Wahrheit, Ehrlichkeit, Vertrauen und
Liebe.
Er freute sich einfach mit mir, lächelte mich an und strich mir
über die Wange. Dieser Mann hat mir gezeigt, wie viel man anderen Menschen durch so wenig geben kann. Er gab mir das Gefühl, aus vollem Herzen angenommen zu sein. Ich danke dafür.

28. Februar 2007

Ich bin ein Lichtwesen.
Ich erkenne, dass meine Organe und alle Zellen meines Körpers
mit Licht gespeist sind.
Ich atme Licht.
Ich denke Licht.
Ich fühle Licht.
Ich bin ein Licht.

Ich bin ein Licht? Ich habe heute erfahren, dass alle Menschen hier auf dieser Welt Lichtwesen sind. Jeder Mensch ist einzigartig, wertvoll und vollkommen. Durch unsere negativen Denkmuster, die wir (erlernt) haben und die einem dann gar nicht mehr so bewusst sind, erniedrigen wir uns selbst.
Ich will erkennen, dass mein Körper eine wundervolle Schöpfung ist. Ich bin stolz, in ihm leben zu dürfen. Ich sende meinem Körper nur liebevolle, aufbauende Affirmationen. Ich weiß, dass ich aus vollem Herzen bitten und beten darf. Die heilende Energie hilft mir. Ich will lernen, meinen Körper jeden Tag mehr zu lieben. Ich weiß, dass sich jeder positive Gedanke auf meine Zellen auswirkt.

Es ist eine schwere Arbeit. Doch ich werde sie schaffen.

29. März 2007

Heute sagte mir jemand, dass 'Gott in uns' ist, dass man mit der göttlichen Energie alles erreicht. So richtig habe ich das Ganze noch nicht verstanden. Stelle mir daher die Frage, wer Gott eigentlich ist.
Als Kind hatte ich auch die allgemein bekannte Vorstellung, dass Gott ein großer Mann mit einem langen Bart ist, dass er irgendwo im Himmel sitzt und auf uns aufpasst, und dass er die ganze Erdkugel in seinen Händen halten kann. Ich habe immer zu diesem Mann gebetet. Gibt es ihn gar nicht? Sind wir selbst dieser Gott? Tief in unserem Inneren? Und haben wir es nur vergessen? Ich erinnere mich an eine Hindu-Legende, die mir mal je-

mand erzählt hat. Sie besagt, dass die Gottheit in uns Menschen begraben ist. Nur wie kann man mit dieser Gottheit kommunizieren?

„Einer alten Hindulegende zufolge waren früher alle Menschen Götter. Die Menschen missbrauchten jedoch auf furchtbare Weise ihre Gottheit.
Brahma, der Gott der Götter, beschloss, ihnen die göttliche Macht fortzunehmen und an einem für die Menschen unauffindbaren Platz zu verstecken. Das große Problem war, ein geheimes Versteck zu finden. Als die Götter zusammengerufen wurden, um dieses Problem zu lösen, machten sie folgenden Vorschlag: „Verbergen wir die Gottheit des Menschen in der Erde."
Aber Brahma antwortete: „Nein, das genügt nicht! Denn der Mensch wird graben und seine Gottheit wieder finden." Da machten die Götter einen anderen Vorschlag: „Lasst uns die Gottheit in die tiefste Tiefe des Ozeans versenken." Wiederum antwortete Brahma: „Nein! Früher oder später wird der Mensch auch die Tiefen aller Ozeane ergründen. Dann wird er seine Gottheit finden und an die Oberfläche holen." Da wussten die Götter keinen Rat. „Wo können wir die Gottheit verstecken? Es gibt weder auf der Erde noch in den Meeren einen Platz, wo sie der Mensch nicht finden wird."
Brahma in seiner Weisheit antwortete. „Schaut, was wir mit der Gottheit der Menschen machen! Wir werden sie verstecken im Tiefsten des Menschen selbst, denn das ist der einzige Platz, an dem er niemals danach suchen wird."
Seit dieser Zeit, so schließt die Legende, hat der Mensch die Welt befahren und die entlegensten Winkel entdeckt, hat getaucht und gegraben, um etwas zu suchen, das in ihm selbst zu finden ist."

20. April 2007

Ich atme ruhig und gelassen und lasse zu, dass mein Körper, mein Geist und meine Gefühle sich beruhigen und entspannen. Ich atme die Lebenskraft ein.
Beim Meditieren fühle ich mich leicht und beschwingt. In mir ist

tiefer Frieden. Ich habe das Gefühl, als ob mein Körper schwebt. Ein Jahr ist es jetzt her, seitdem mein Leben von einer Sekunde auf die andere aus den Ankern gerissen wurde. Damals dachte ich, gleich sterben zu müssen.

Ein Jahr, das mein ganzes bisheriges Leben verändert hat. Ein Jahr voll Freude, Angst, Zweifel, aber auch Zuversicht.

Ich weiß, dass ich gesund werde. Ich habe Energie, ich arbeite an mir.

Jemand hilft mir dabei, führt mich zur Brücke, steht hinter mir und sagt mir, welchen Schritt und in welche Richtung ich gehen soll. Ich weiß nicht, wie lange ich brauchen werde. Doch eins weiß ich. Ich werde es schaffen. Vielleicht nicht heute oder morgen, doch irgendwann werde ich das Ende der Brücke erreichen und dann einfach angekommen sein.

26. Mai 2007

Ich bin für zwei Wochen auf einem Energie-Urlaub in der Hohen Tatra in Polen. Bin gespannt darauf, was ich hier erlebe und erfahre. Angefangen hat unser Tag mit einer Stunde Joga und Meditieren.

Ich habe gelernt, mit Licht zu meditieren. Violettes Licht reinigt meinen Körper. Es durchdringt meine Zellen. Weißes Licht, das ich in mich aufnehme, füllt meinen Körper wieder mit Energie. In blaues Licht kann ich mich jeden Tag stellen. Es schützt mich vor negativen Energien.

Es ist etwas Neues, das ich hier erfahre. Freue mich auf die Tage hier und hoffe, dass ich ein Stück weiter über meine Brücke kommen werde.

28. Mai 2007

Wir hatten heute einen Schweigetag. Ein Tag, um sich bewusst zu werden. Acht Stunden lang schweigen, mit niemandem reden, nachdenken, in sich kehren. Dinge bewusst wahrnehmen und verstehen. Eine ganz neue Erfahrung für mich. Ich habe mich innerlich so wohl, so glücklich gefühlt, obwohl es fast den ganzen Tag regnete. Mir sind viele Dinge durch den Kopf gegangen.

Als nachmittags die Sonne hinter den Wolken hervorkam, machte ich einen Spaziergang zu dem nahe gelegenen Wald. Ich blieb zwischen den Bäumen im weichen Moos stehen, die Sonne blinzelte mich an und ich hatte das Gefühl, als ob ich von ihr aufgeladen wurde. Da war so viel Energie. Tief in mir war ein Glücksgefühl, das ich nicht näher beschreiben kann.

Ich hatte Kontakt zu meinem Körper, sprach mit ihm, er hörte mir zu.

So ein Schweigetag ist ein ganz tolles Erlebnis. Man ist nur in sich.

Abends fragte mich jemand aus der Gruppe (wir sind 12 Personen), was mit meinen Augen los sei, „sie leuchten" ...

Ich mache mir Sorgen um eine Frau aus unserer Gruppe. Ihr geht es sehr schlecht.

Lieber himmlischer Vater,

ich möchte dir für die Tage hier danken, in denen wir Ruhe und Entspannung finden und neue Energie tanken können. Besonders bedanken möchte ich mich bei Alina, die das Ganze hier ermöglicht und durch die wir lernen, unsere Kräfte und unsere Energie besser einzusetzen, sie besser spüren zu können.
Ich bitte dich auch für Christina, dass sie die Kraft findet, die sie braucht. Wir alle wissen, dass sie schwer krank ist, und ich merke, wie ihr Lebenswille schwindet.
Begleite uns diese Tage und lass uns das, was wir hier erleben, spüren und sehen, mit nach Hause nehmen.

Amen.

29. Mai 2007

Habe heute zum ersten Mal bei einer Aufstellung mitgemacht. Ich habe zwar schon öfter von Familienaufstellungen gehört, wusste aber nicht, dass man auch seine Krankheit aufstellen lassen kann. Christina, auch sie ist an Brustkrebs erkrankt und es geht ihr nicht gut, ließ ihren Krebs, das Wasser, ihre Lunge und ihren Schmerz aufstellen.
Ich wusste schon vorher, dass ich Christina spielen sollte. Woher, weiß ich nicht. Ich hatte es im Gefühl. Es sollte wahrscheinlich so sein. Hatte offenbar etwas zu lernen.
Diese Aufstellung hat mich viel erkennen lassen. Ich habe gelernt, dass ich loslassen muss, meine Einstellung ändern muss. Dass ich nicht immer perfekt sein muss. Die Aufstellung hat mich stark berührt. Vor allem der Schmerz. Martin, er hat einen Gehirntumor, hat mich zu Tränen gerührt. Er, der seine Gefühle nicht so zeigt, war in dem Moment der Aufstellung ein völlig anderer Mensch. Ich der Krebs (Christina) habe dem Schmerz (Martin) zur Versöhnung eine wunderschöne Kristallkugel geschenkt. Er hat sie genommen, hielt sie gegen die Sonne und war dann minutenlang völlig in den Stein vertieft. Er war in diesem Moment weit weg. Er hatte ein Lächeln im Gesicht, das mich stark berührte, obwohl er ja der Schmerz war. Ich glaube, ich werde den Anblick niemals vergessen. Dieses Bild - Martin mit dem Stein in der Hand und wie sich die Sonne darin spiegelte.

Ich habe aus dieser Aufstellung gelernt und ich wünsche mir für Christina, dass auch sie erkannt hat ...
Ich werde für sie beten, ihr Licht schicken. Es geht ihr so schlecht, ich würde sie am liebsten in den Arm nehmen und sie trösten. Habe Angst, dass sie den Urlaub nicht übersteht.

30. Mai 2007

Bin jetzt fast eine Woche hier in Polen. Ein Urlaub ganz besonderer Art. Wir meditieren täglich, trainieren Joga, unternehmen Seelenreisen und lassen unsere Heilströme fließen. Wir sprechen viel über Energie, wir erfahren oder verstehen einige Dinge, die uns bisher unklar waren. Eine Seelenreise führte mich zu meinem Magier, durch die Erde in einen tiefen Wald. Er lebte in einer kleinen Holzhütte. Ich klopfte an seine Tür und er öffnete. Die Hütte war einfach eingerichtet, ein Räuchergefäß stand auf dem Tisch. Wir setzten uns vor seine Hütte unter einen großen Baum auf eine Bank. Die Sonne schien, alles war friedlich. Er sprach mit mir und sagte mir, dass ich mich mehr leben muss, dass ich endlich anfangen soll, auf mich, auf meine Seele zu hören.

Zum Abschied gab er mir ein kleines Holzkreuz und begleitete mich dann hinaus aus dem tiefen Wald.

Als ich allein auf einer großen Wiese mit vielen Blumen stand, es war warm und die Sonne schien, rief ich nach dem Erzengel Michael und plötzlich sah ich ein weiß-gelbes Licht, so intensiv, dass ich es kaum in Worte fassen kann. Ich stand da und atmete das Licht in mich ein.

Als diese Seelenreise zu Ende war, war ich fast ein bisschen traurig, wäre gerne noch länger darin geblieben.

10. Juni 2007

Dreizehn Tage in der Hohen Tatra. Ein Urlaub, den ich genossen habe, in dem ich so viel Energie tanken konnte. Ein Urlaub, in dem ich viel gelernt, erlebt und verstanden habe. Eine Zeit, in der ich jede Sekunde intensiv gelebt habe.

Tage, die ausgefüllt waren mit Liebe und Harmonie, aber auch mit Sorgen um Christina, der es immer schlechter ging, sodass sie sich dann von ihrem Bruder hat abholen lassen, um sie in eine Klinik zu bringen. Ich hatte mit ihr ein Gespräch. Sie sagte mir, dass sie weiß, dass sie in diesem Leben nicht mehr gesund werden wird, dass sie aber einen gesunden Körper in ihrem nächsten Leben haben wird. Sie hatte keine Angst, nur war sie traurig darüber, dass sie ihre kleine Tochter alleine lassen muss. Wir, die Gruppe, haben Christina jeden Abend in ein Licht gestellt, für sie gebetet, mit ihr Qi Gong geübt. Doch es ging ihr von Tag zu Tag schlechter.

Es waren trotz allem schöne, intensive Tage. Ich bin dankbar für die Energie, das Gefühl, Meister Kuthumi bei mir haben zu dürfen, für das Licht, bei Alina, den lustigen Seppi, für das viele Lachen, die Wanderungen ...

20. Juni 2007

Habe heute erfahren, dass Christina von uns gegangen ist. Ihr Körper war zu sehr krank. Sie war noch so jung. Erst 39 Jahre alt. Ich bin sehr traurig darüber und doch tröstet es mich zu wissen, dass es ihr jetzt gut geht. Ich wünsche ihr alles Gute auf ihrer Reise.

6. Juli 2007

Gib deinem Leben die Hand und lass dich überraschen, welche Wege es mit dir geht.

Heute sagte jemand zu mir, dass ich ein Herzensmensch bin. Ich soll mich leben. Ich soll mich so geben wie ich bin.

Tu ich das nicht?

7. August 2007

Jede Zelle meines Körpers reagiert auf jeden Gedanken, den ich denke. Ich denke nur positiv und liebevoll über meinen Körper.

15. August 2007

Heute habe ich den 31. Psalm in der Bibel gelesen.

Meine Zeit steht in deinen Händen.

Mir kam sofort das Lied in den Kopf, das ich bis jetzt noch nie so bewusst gesungen habe.

Meine Zeit steht in deinen Händen, nun kann ich ruhig sein, ruhig sein in dir. Du schenkst Geborgenheit, du kannst alles wenden, gib mir ein festes Herz, mach es fest in Dir.
Sorgen und Tränen, die werden mir zu groß, und ich frage mich, was wird morgen sein. Doch du liebst mich, du lässt mich nicht los. Vater, du wirst bei mir sein...

Es ist ein sehr kraftvolles Lied für mich.
Mir geht es im Moment gut, nur manchmal kommen mir Zweifel, ob ich den richtigen Weg gegangen bin.

Warum nur kann ich nicht mehr vertrauen?

27. August 2007

Bin heute in der Meditation durch meinen Körper gegangen. Dort begegnete mir der Krebs. Ich bin erschrocken, weil er noch da ist. Ich habe ihn gefragt, warum er nicht weg geht.
Er meinte, es gefällt ihm bei mir, er fühlt sich bei mir geborgen. Braucht nichts machen, nur da drinnen sein.
Ich habe gefragt, warum er gekommen ist. Als Antwort bekam ich: „Weil ich jeden aufnehme. Ich zu allen zu gut, zu gütig bin." Und ich nie Nein sagen kann.
Daraufhin habe ich gefragt, wann er wieder geht?! Er sagte mir, er geht dann, wenn er merkt, dass ich ihn nicht mehr brauche, wenn ich mein Leben alleine leben kann, wenn ich allein sein kann ...
Ich wollte von ihm wissen, woher meine Einsamkeit kommt. Ich bekam keine Antwort. ...

Was genau meinte er damit? Ist es wirklich so, dass ich ihn brauche? Aber warum und wozu brauche ich ihn?

4. September 2007

Habe heute einen wunderschönen Strauß Sonnenblumen geschenkt bekommen.
Ich habe mich riesig darüber gefreut.

„Jeder, der sich die Fähigkeit erhält, Schönes zu erkennen, wird nie alt werden".

Wenn wir das Wunder einer Blume klar erkennen, dann verändert sich unser Leben ...

6. September 2007

Ich entdecke mich selbst. Ich bin der Anstoß meiner Seele und meine Seele bringt Freude, Freiheit und Heil. Heil ist mein Leben. Ich bin die Seele.
Affirmation von Alina

War heute bei meiner Ärztin. Wir hatten ein langes Gespräch.
Ich muss mir klar werden, warum ich Angst habe, warum ich in mir manchmal eine Einsamkeit spüre.
Warum ich krank geworden bin? Hat es wirklich etwas damit zu tun, dass ich aufmerksam auf mich werde? Frage mich, warum Christina mich damals in Polen zu der Aufstellung genommen hat. Warum ich der Krebs war?
Bin oder war ich ihr Spiegelbild? Was sollte mir gespiegelt werden?

Fragen über Fragen, auf die ich noch keine Antwort weiß.

7. September 2007

Habe mich wieder mit meinem Krebs unterhalten. Er sagte, dass mir klar sein muss, dass ich 'die Chefin' meiner Gedanken bin. Dass ich bestimme, was ich denke. Erst, wenn mir das bewusst

ist und dieses Bewusstsein in mein Unterbewusstsein vorge-
drungen ist, kann mir nichts und niemand mehr Angst machen.
Und wenn ich das geschafft habe, wird er von ganz alleine gehen.
Danach sah ich alles in einem weißen Licht. Ich wusste, dass alles gut werden wird.
Auch wenn es vielleicht noch ein langer und schwieriger Weg
wird, bis ich das alles verstanden und umgesetzt habe.

10. September 2007

Habe heute meditiert. Alles war friedlich. In mir war eine tiefe
Ruhe. Plötzlich hatte ich das Gefühl, dass sich mein Herz öffnet.
In mir war Liebe, ganz viel Liebe für alle Menschen, Tiere, Pflan-
zen, ja, für das ganze Universum. Alles war hell, weich und
leicht. Es war ein so schönes Gefühl. Ein Gefühl der tiefen Liebe,
wie ich es noch nie in meinem Leben hatte.
Ich glaube, es hat sich mir heute zum ersten Mal mein
Herzchakra offenbart.

14. September 2007

Es ist schon wieder Herbst. Ich kann mich noch gut an den
Herbst vom letzten Jahr erinnern. An den Eintrag, den ich da
gemacht habe.
Auch heute ist wieder so ein Tag. Ich sitze gerade hier an meinem Schreibtisch, die Sonne scheint und wärmt mich durchs
Fenster und die Kirchenglocken läuten. Ich liebe es, wenn frei-
tags um 11 Uhr die Glocken anfangen zu läuten. Da ist in mir,
tief in meiner Seele, eine Harmonie, ein Gefühl, das ich schon
als Kind hatte.

War heute früh auf dem Hesselberg, die Sonne ging gerade auf,
um mich herum Stille. Ich atmete die Sonne tief in mich ein.
Im Inneren meines Körpers war alles warm und hell. Ich habe
neue Energie getankt, fing zu träumen an. Ich sah mich in einer

kleinen Holzhütte, auf einem Berg in Südtirol (ich stelle mir den Herbst dort traumhaft vor). Ganz einfach eingerichtet. Am Morgen bei offener Haustür der Sonne, dem Himmel und nachts den Sternen ganz nahe zu sein. Dort war Ruhe, unendliche Ruhe. Ich konnte schreiben, meditieren, nachdenken ...

18. September 2007

Ich bin das Licht, das durch mich wirkt.
Ich bin die Liebe, die mich erfüllt.
Ich bin die Kraft, die unbegrenzte Möglichkeiten in sich birgt. Ich bin ...

29. September 2007

Sitze wie so oft an meinem Schreibtisch. Viele Gedanken kommen, gehen ...
Fragen, viele Fragen. Wünschte mir, es wäre jemand da, mit dem ich reden könnte. Wünschte mir jemanden, an den ich mich anlehnen könnte. Habe manchmal das Gefühl, auf der Stelle zu treten. Komme nicht weiter ...
Ich meditiere täglich, doch ich bekomme zur Zeit keine Antwort auf meine Fragen. Bin nachdenklich und traurig darüber. Irgendetwas ist in mir, das ich noch nicht aufgearbeitet habe. Doch wie kann ich das? Wenn ich nicht einmal weiß, was ich zum auf arbeiten habe?

18. Oktober 2007

Heute atme ich bewusst ein und aus, um meinen Geist und Körper zu entspannen. Die Lebenskraft fließt ungehindert durch mich.

War heute wieder bei meiner Ärztin. Die Gespräche mit ihr tun mir unglaublich gut.

Sie meinte, und da hat sie Recht, dass mir das vollste Vertrauen zu Gott, zu meiner inneren Kraft fehlt. Es gibt manchmal noch Momente, in denen ich zweifle, Angst habe. Mir ist klar und ich weiß, dass Gott in mir ist. Dass er in jeder Zelle meines Körpers ist. Und dass nur Gott allein, also ich mich in mir, aus meinem Inneren heraus, heilen kann. Dazu muss ich aber von meinen Ängsten loslassen können, und muss voll vertrauen.

Die Angst um meine Kinder, wenn ich nicht mehr da wäre, hält mich manchmal noch gefangen. Ich will lernen, voll zu vertrauen. Habe in den letzten Monaten schon mehr als einmal wunderbare Augenblicke erlebt, Dinge gespürt, die von einer höheren Kraft zu mir kamen. Warum nur fällt es mir trotzdem manchmal noch so schwer? Ich stehe auf der Brücke und habe das Gefühl, nicht weiter zu kommen.

5. Dezember 2007

Weihnachten steht wieder vor der Tür. Die Adventszeit ist für mich immer etwas ganz Besonderes. Ich mach es mir am liebsten mit einer heißen Tasse Tee auf meinem Sofa gemütlich, ein guter Duft in meiner Duftlampe, Kerzenschein und einer Panflöten-CD. Die Klänge einer Panflöte sind so weich, harmonisch, leicht wie der Flügelschlag eines Engels. In mir ist, wenn ich eine Panflöte höre, eine so schöne Schwingung und Leichtigkeit, dass ich es kaum in Worte fassen kann.

Für meine Freunde und Geschwister habe ich dieses Jahr zu Weihnachten nichts gekauft. Ich habe ihnen eine Weihnachtsgeschichte geschrieben. Ich wollte eigentlich nur eine paar Zeilen schreiben, doch meine Hand glitt über das Papier, als wenn sie von jemandem geführt worden wäre.

Ich habe lange überlegt, ob ich die Geschichte jemanden lesen lassen sollte, ob ich sie verschenken soll. Etwas in mir sagt mir, dass ich es tun sollte, da die Geschichte ein Teil von mir ist und ich sie von meiner Seele geschrieben habe.

Der Brief

Eine schneebedeckte Landschaft, einen Tag vor Weihnachten. Maria ging, wie so oft, auf dem Hesselberg, der fast vor ihrer Haustür lag, spazieren. Sie genoss den Ausblick, die Schneedecke, auf der nur ganz wenige Spuren zu sehen waren, die in der Sonne glitzerte mit all den kleinen Kristallen, und an diesem Tag lag eine besondere Ruhe da oben auf dem Berg. Die Hände tief in ihrer Jackentasche vergraben, lief sie ganz allein den schmalen Weg entlang, der zu dem Bergkreuz und der kleinen Bergkapelle führte, in der sie immer wieder Kraft schöpfte.

Sie wandte ihr Gesicht der Sonne entgegen, dachte an die kommenden Tage, und dabei liefen ihr die Tränen über das Gesicht.

Weihnachten stand vor der Tür. Für sie und ihre drei Kinder war es das erste Weihnachtsfest, das sie alleine miteinander feiern würden, nachdem sie sich von ihrem Mann und Familienvater getrennt hatten.

Sie dachte an ihre Kinder, und es tat ihr im Herzen weh, dass sie ihnen das antun musste und dass die Drei ihren Papa am Heiligabend nur für zwei Stunden sehen konnten.

Sie wollte es ihren Kindern so schön wie möglich machen, hatte die Wohnung schön dekoriert und die Geschenke liebevoll eingepackt. Es sollte ihnen an nichts fehlen, vor allem aber nicht an Liebe.

Weihnachten war für Maria immer das Fest der Liebe, wo sie andere Menschen mit einer Kleinigkeit glücklich machen konnte. Für sie gab es nichts Schöneres als in die Gesichter all der Menschen zu sehen, die sich gemeinsam freuten. Wenn andere Menschen glücklich waren, war sie es auch, ihr wurde dann ganz warm ums Herz und sie freute sich mit ihnen.

Ihr Leben hatte in den vergangenen Monaten tiefe Spuren auf ihrer Seele hinterlassen. Die endgültige Trennung von ihrem Mann, da sie sich in zwei unterschiedliche Richtungen weiterentwickelt und sie an der Weggabelung nicht mehr zueinander gefunden hatten, und die Nachricht, dass sie an Krebs erkrankt ist, hat ihre Welt in so kurzer Zeit völlig aus der Bahn geworfen. Es kam ihr vor, als wäre sie in ein tiefes, dunkles Loch gefallen, aus dem sie nie wieder herauskommt.

Aber gute Freunde und auch der Vater ihrer Kinder hatten ihr geholfen, sich aus diesem dunklen Loch Stück für Stück wieder *heraus zu hangeln. Sie glaubte an die Liebe Gottes, an all die Engel und anderen Wesen, und im Gebet spürte sie, dass sie nicht alleine war ...*

Manchmal aber, wenn die Kinder im Bett waren und sie auf dem Sofa saß, spürte sie in ihrem Herzen eine tiefe Sehnsucht, ein Verlangen nach Geborgenheit, Aufmerksamkeit, nach einer Schulter, an der sie sich anlehnen konnte und an nichts Beängstigendes denken musste, an einen Augenblick, in dem sie sich ganz fallen lassen konnte.

Als sie an diesem einen Tag vor Weihnachten den Weg entlang lief, spürte sie in ihrem Herzen plötzlich diese tiefe Einsamkeit, und eine Angst vor dem Kommenden, vor gerade diesem Alleinsein überkam sie. Sie freute sich aber auf den Heiligabend-Gottesdienst, den sie mit ihren Kindern besuchen würde, und was ihr an Heiligabend besonders zu Herzen ging, waren die strahlenden Augen der vielen Kinder, wenn sie das Krippenspiel aufführten, dazu „Ihr Kinderlein kommet" sangen und es nicht mehr erwarten konnten, heimgehen zu dürfen, um endlich Geschenke auszupacken.

In diesem Moment fühlte Maria für kurze Zeit wieder das Kind in sich selbst. Sie sah sich vorne singend am Altar stehen, mit dem gleichen Glanz in den Augen und dieser freudigen Ungeduld, endlich heimgehen zu dürfen.

Sie wünschte sich in diesem Moment nichts sehnlicher als jemanden, der ihr am Heiligabend ein Lächeln auf ihr Gesicht zauberte und ihr, sei es nur für einen Augenblick, die Einsamkeit und die Angst nehmen, ja ihr Herz für kurze Zeit zum Stahlen bringen konnte.

Sie lief, bis sie die Kapelle erreicht hatte. Dort wischte sie den Schnee von der Bank, die dort stand, und setzte sich mit ihrer langen Jacke darauf, schob ihre Hände noch tiefer in ihre Jackentasche und wärmte sich ein wenig in der Sonne. Ganz in der Nähe sah sie zwei Hasen, denen es zu gefallen schien, dass so viel Schnee lag.

Maria beobachtete das Schauspiel, was ihr ein Lächeln auf ihr zartes Gesicht zauberte.

Sie wusste nicht, wie lange sie da so gesessen hatte, sie war so in Gedanken, dass sie gar nicht bemerkte, wie die Zeit verging. Es dämmerte bereits, als sie es bemerkte.

Auch waren ihre Füße und Hände mittlerweile ganz kalt gewor-

den. Die Sonne hatte nicht mehr so viel Kraft, sie stand schon ein ganzes Stück weiter unten, und in einer Stunde würde sie ganz untergehen. Auf der anderen Seite des Berges sah man schon ganz leicht die Umrisse vom Mond.

Maria stand auf und machte sich auf den Heimweg. Sie stampfte durch den tiefen Schnee zum Bergkreuz, stellte sich davor hin und betete im Stillen, dass sie schöne Weihnachtstage haben wird.

Als sie sich schon auf den Rückweg machen wollte, entdeckte sie in der Ferne ein kleines Flackern. Sie fragte sich, was das wohl ist?! Neugierig lief sie in die Richtung des kleinen Waldabschnittes und als sie kurz davor stand, sah sie die Flamme einer Kerze, die auf einem Tannenbaum steckte. Eine Flamme so hell und wunderschön. Maria glaubte, noch nie ein schöneres und helleres Licht gesehen zu haben.

Maria stand da, sah den Baum mit der Kerze, deren Schein sich in ihren großen, traurigen Augen spiegelte an und freute sich über diesen schönen Anblick. Sie spürte eine Wärme ganz tief in ihrem Herzen, die sie schon lange nicht mehr gefühlt hatte. In ihren Augen erschien der Glanz, den sie immer dann hatte, wenn sie vor sich hin- träumte. Sie sah ihre Zukunft in einem helleren Licht und in ihren Augen flackerte wieder ein Funken der Hoffnung.

Dankbar über die Freude, die sie hier an diesem einen Tag vor Weihnachten erleben durfte, wollte sie sich nun endlich auf den Weg nach Hause begeben, da es auch bereits dunkel geworden war, als sie ein weißes Kuvert, das zwischen den Zweigen steckte, sah. Sie nahm das Kuvert ganz vorsichtig, als sei es etwas Zerbrechliches, an sich und las auf dem Umschlag, dass der Brief vom Weihnachtsmann war. Maria legte ihn schnell wieder zurück, da sie glaubte, dass er jemandem gehörte. Aber nach nur einem kurzen Augenblick nahm sie ihn wieder in die Hand, denn in ihrem Inneren wurde das Gefühl und ein plötzlich naher Gedanke wach, dass dieser Brief für sie bestimmt war.

Mit dem Brief in den Händen marschierte sie nun unter tausend funkelnden Sternen den Weg zurück, der zum Glück vom Vollmond beleuchtet wurde.

Sie hatte es nicht eilig. Ihre Kinder waren noch bei ihrem Papa, sodass sie sich Zeit lassen konnte. Zuhause würde sie dann den Christbaum schmücken, die Geschenke liebevoll unter den Baum *legen und sich danach mit einer heißen Tasse Tee gemütlich aufs Sofa setzen, wo sie dann – ganz für sich – den Brief lesen würde. Sie freute sich wie ein kleines Mädchen, war neugierig und konnte es gar nicht erwarten, ihn aufzumachen.*

Es war schon weit nach Mitternacht, als sie mit ihrer Arbeit fertig war und sie gemütlich auf dem Sofa saß, den Brief in ihren Händen hin und her drehte.

Sie freute sich darauf, ihn zu lesen, wollte aber ihre Vorfreude noch ein wenig genießen.

Mit glühenden Wangen und zittrigen Fingern öffnete sie, als sie die Neugier nicht mehr aushielt, den Brief. Er war auf einem bordeaux-farbenen Papier mit einem schwarzen Kalligrafiestift geschrieben, und sie faltete ihn mit aller Vorsicht auseinander ...

Da saß Maria nun, einen Tag vor Heiligabend, las den schönsten Brief, den sie jemals gelesen hatte, und Tränen der Rührung liefen ihr übers Gesicht ...

Hallo,

ich sehe dich jetzt einen Tag vor Heiligabend mit meinem Brief in den Händen.
Du wunderst dich sicher, von wem der Brief ist. Ich kann es dir sagen. Er ist von mir...
Ich sehe dich manchmal und ich weiß, dass du nicht nur eine sehr hübsche, sondern auch eine besonders einfühlsame Frau bist.
Wir haben zwar noch nicht miteinander geredet und du hast mich auch noch nicht bemerkt, aber trotzdem weiß ich es.
Ich glaube, du denkst mit deinem Herzen, du bist ein sehr tiefgründiger Mensch.
Deine Ausstrahlung ... dein Wesen erinnert mich an einen Engel.
Als ich dich das letzte Mal gesehen habe, hätte ich dich am liebsten ganz fest in meine Arme genommen und fest an mich gedrückt.
Deine Augen sahen so traurig aus ...
Ich möchte morgen, am Heiligabend, in deine schöne Augen ein Lächeln zaubern,
dich deinen Kummer für einige Zeit vergessen lassen und dir unvergessliche Weihnachten schenken.
Komm bitte morgen zur Mitternachtsmesse in die kleine Kapelle, dort will ich auf dich warten und dir dein schönstes Weihnachtsfest bescheren.
Hab keine Angst, vertrau mir.

Ich wünsche dir noch einen schönen Abend.

Ich grüße dich

Maria war total gerührt, las den Brief immer und immer wieder. Tausend Fragen gingen ihr durch den Kopf. Wer hatte den Brief geschrieben? Sollte sie dahin gehen? Traute sie sich jetzt überhaupt noch, dahin zu gehen? In die kleine Kapelle?

Sie zweifelte, hatte Angst davor. Später, als sie in ihrem Bett lag, der Mond durch ihr Fenster schien, betete sie um ein Zeichen von oben, ob sie zur Messe gehen sollte oder nicht. Sie wusste, es würde ein Zeichen kommen. Und nur kurze Zeit später sah sie durch ihr großes Dachfenster eine Sternschnuppe auf die Erde fallen, da wusste sie, dass sie einen Tag später am Heiligabend zur Mitternachtsmesse gehen würde ...

Mit einem tiefen Vertrauen und einem Lächeln auf ihrem Gesicht schlief sie nach diesem aufregenden Tag friedlich ein und tauchte in das Land der Träume.

Als sie am nächsten Morgen erwachte, glaubte sie, das alles nur geträumt zu haben. Aber dann viel ihr der vorherige Tag wieder ein, der Spaziergang, der Baum mit der Kerze, und der Brief. Sie griff unter ihr Kopfkissen, und er war tatsächlich dort. Sie las ihn noch einmal durch.

Dann stieg sie aus dem Bett, bereitete sich ihr Frühstück, setzte sich an ihren Küchentisch und dachte an den kommenden Heiligabend.

Nach dem Frühstück stellte Maria noch einen Teller Weihnachtsplätzchen, die sie mit ihren Kindern gebacken hatte, auf den Tisch, entzündete ein Feuer im Kamin und verschloss das Wohnzimmer, sodass ihre Kinder den Baum nicht sehen konnten. Bei Maria war es schon, als sie selbst noch ein kleines Kind war, Brauch, dass die Kinder den Baum erst nach der Christmette sehen durften. Das hatte Maria auch bei ihren Kindern so beibehalten, sie wollte ihren Kindern den Weihnachtszauber so lange wie möglich schenken. Der Weihnachtsmann war mit seinen Engeln in der Stube, schmückte den Baum und brachte die Geschenke. Das erzählte Maria ihren Kindern, sie liebte es, wenn ihre Kinder dann vor der Tür auf und ab liefen und Weihnachtlieder sangen.

Als ihre Kinder von ihrem Papa nach Hause kamen, zogen sie sich warm an und machten sich dann alle zusammen auf den Weg zum Weihnachtsmarkt. Dort schlenderten sie mit einer Tüte heißer Maronen an den festlich geschmückten Weihnachtsbuden entlang, tranken Kinderpunsch und lauschten den Weihnachts-liedern, die von der Ferne zu hören waren. Es war ein Wintertag wie im Märchen, der Schnee glitzerte in der Sonne, auf dem Stadtweiher waren einige Schlittschuhläufer zu sehen. Ein alter Mann mit einer Panflöte stand am Straßenrand und spielte Weihnachtslieder. Vor ihm lag ein Hut, Maria und ihre Kinder wollten dem Mann ein paar Euro hinein werfen, als sie einen Zettel entdeckten, auf dem stand: „Bitte kein Geld einwerfen! Schenken Sie mir ein Lächeln, lauschen Sie meiner Musik und lassen Sie sie in Ihr Herz hinein." Da stand nun eine Mutter mit ihren drei Kindern, sie lauschten der Musik und sahen, wie die Musik die Herzen der Menschen erfüllte. Maria lächelte den alten Mann an, stellte ihm eine Tasse Glühwein und einen großen Leb-kuchen auf seinen Koffer. Der Mann bedankte sich mit einem freundlichen Nicken, während Maria mit ihren Kindern weiter ging.

Nach dem Weihnachtsmarkt gingen die Vier noch auf dem Hesselberg spazieren. Sie machten eine Schneeballschlacht, schubsten sich gegenseitig in den Schnee und wanderten dann noch zur Kapelle und dem Bergkreuz hoch, wo sie einen Schneemann bauten.

Maria setzte sich auf die Bank und dachte an den Brief. Plötzlich konnte sie es nicht mehr erwarten, dass es Abend wurde. Ob-wohl sie nicht wusste, was sie erwartete.

Es war schon fast drei Uhr, als die Vier gutgelaunt und durchge-froren zuhause ankamen. Sie zogen sich etwas kuscheliges an, tranken heiße Schokolade und freuten sich, dass es wieder Weihnachten wurde.

Nach dem Gottesdienst kochten sie sich eine Kanne Tee, aßen gemeinsam zu Abend und packten dann die Geschenke aus.

Sie waren mit viel Liebe ausgesucht worden und für jeden war etwas passendes dabei. Maria freute sich am meisten über das gemeinsame Geschenk ihrer Kinder. Es war ein großes Buch mit einem braun goldenen Einband, in das sie schreiben konnte.

Schreiben war für Maria etwas wertvolles. Beim Schreiben tauchte sie in eine andere Welt ein, sie schrieb ihre Erlebnisse, ihre Gedanken und Träume, aber auch ihre Ängste auf, die ihr dann, wenn sie auf dem Papier standen, nur noch halb so schlimm vorkamen.

Um kurz nach elf Uhr brachte sie dann ihre Kinder zu Bett, betete mit ihnen und erzählte ihnen noch eine Geschichte von einer Frau, die einen Tag vor Heiligabend auf einem Berg war, dort einen mit einer Kerze beleuchteten Baum gesehen und einen Brief vom Weihnachtsmann gefunden hatte, in dem stand, dass sie zur Mitternachtsmesse eingeladen war.

Gespannt hörten die Kinder zu und wollten, als Maria plötzlich zu erzählen aufhörte, ganz aufgeregt noch das Ende der Geschichte erfahren. Doch Maria vertröstete sie auf einen anderen Abend, und die Drei schliefen, mit ihrem neuen Kuscheltier im Arm, mit roten Wangen und einem Lächeln im Gesicht friedlich ein. Sie gab ihnen noch einen Kuss auf die Stirn, knipste die kleine Salzleuchte an und verließ das Zimmer.

Nachdem die Kinder eingeschlafen waren und es in der Wohnung still war, fühlte sie eine Aufregung, ihr Herz klopfte und einen kleinen Moment lang zögerte sie, ob sie überhaupt hingehen sollte. Ihr Vater, der mittlerweile gekommen war, um auf die Kinder aufzupassen, merkte, dass sie sich gerade wieder in ihr Schneckenhaus zurückziehen wollte. Er lächelte sie an und sagte, dass es nur noch zwanzig Minuten wären und dass sie doch endlich losgehen sollte.

So lief sie durch die leeren, verschneiten Straßen, schaute dann und wann im Vorbeigehen durch die beleuchteten Fenster der Häuser, und je näher sie zu der kleinen Kapelle kam, desto nervöser wurde sie. Schon von weitem hörte sie die Glocken läuten, und als sie endlich da war, blieb sie noch einige Minuten vor der Eingangstür stehen. Dann gab sie sich innerlich einen Stoß, ging hinein, schaute sich um und setzte sich unauffällig und leise auf die hinterste Bank. Sie hatte nicht den Eindruck, als ob jemand auf sie wartete. Es machte ihr auch nichts aus, der Brief allein und dass sie hier saß, gaben ihr jetzt eine gewisse Ruhe.

Auch waren so spät am Heiligabend nicht mehr sehr viele Menschen gekommen. Ein paar jugendliche, eine Familie mit einem Säugling im Wickeltragetuch, ein Ehepaar mit Zwillingen und noch zwei ältere Damen. Die anderen Leute sind wohl in die Dorfkirche gegangen und nicht hier rauf auf den Hesselberg. Maria saß in der alten Bank, in der sich der Holzwurm schon breit gemacht hatte und lauschte der Melodie von Stille Nacht, heilige Nacht die auf einer kleinen Orgel gespielt wurde. Ihr war so warm und weich um ihr Herz, dass sie sich wünschte, der Mo-

ment möge nie vergehen. Ein Pfarrer las die Weihnachtsgeschichte vor und betete für all jene Menschen in der Welt, die arm, krank waren oder gar keine Weihnachten feiern konnten.
Maria atmete die gute Energie, die hier in dieser Kapelle war, ganz bewusst und tief in sich ein. Sie genoss die Atmosphäre, die Lichter und das Glücksgefühl, dass sie hatte. Dann plötzlich gingen die Lichter aus, es leuchteten nur noch die Kerzen, die schon halb abgebrannt waren, auf dem schönen Weihnachtsbaum und die Orgel stimmte das Lied „O du Fröhliche" an. Maria erhob sich und sang das Lied mit, heimlich wischte sie sich ihre Tränen aus ihren Augen, als sie plötzlich durch ihren Tränenschleier den alten Mann vom Weihnachtsmarkt neben sich auf der Bank sitzen sah. Sie hatte gar nicht bemerkt, dass sich jemand neben sie gesetzt hatte.
Der alte Mann bemerkte, dass Maria weinte, sah sie mit seinen gütigen braunen Augen und den tiefen Falten in seinem Gesicht an, nahm ihre Hand, drückte sie und lächelte ihr liebevoll zu, wobei um seine Augen schöne Lachfalten zum Vorschein kamen. Der Blick des alten Mannes und sein leichter Händedruck hinterließen in Marias Herzen, sie konnte es selbst kaum begreifen, ein Gefühl des Trostes, der Geborgenheit und eine innere Wärme.

Sie wusste nicht, wie ihr geschah. Der alte Mann hatte ihr mit nur einem Blick und einer liebevollen Geste unendliche Kraft gegeben. Und da, in diesem Moment, musste sie wieder an den Brief zurück denken, den sie vor lauter Aufregung schon fast vergessen hatte.
Die Glocken begannen zu läuten, zwei Kinder öffneten die Tür, Maria wickelte sich ihren Schal um den Hals, zog ihre Handschuhe an und trat, noch die Orgelmelodie im Ohr, hinaus ins Freie. Dicke Schneeflocken fielen in dieser Heiligen Nacht vom Himmel, ein paar Sterne waren zu sehen ...
Maria stand da im Freien und fühlte die Schönheit des Augenblicks, als plötzlich der alte Mann wieder neben ihr stand. Er zog aus seinem langen Mantel ein kleines Päckchen heraus, gab es Maria, die ihn mit fragenden Augen ansah, und sagte zu ihr: „Ich bin im Auftrag des Weihnachtsmanns unterwegs, ich habe die Aufgabe, einen Menschen am heutigen Heiligabend glücklich zu machen." Ein besonderer Zauber lag in der Luft. Maria sah ihn an, spürte, dass der alte Mann etwas Besonderes war. Er strahl-

te soviel Frieden und Wärme in der kalten Nacht aus, dass es Maria warm ums Herz wurde. So standen sie eine Weile im Freien vor der Kapelle nebeneinander. Schneeflocken tanzten durch die Luft. Sie sahen sich an und verstanden sich, ohne ein Wort zu sagen.

Gerührt gab Maria ihm ihre Hand, drückte ihn fest an sich und fragte, mit Tränen in den Augen: „Wer sind Sie? Woher kommen sie? Wie kann ich das bei Ihnen gut machen? Sie haben mir meine Angst, meine Einsamkeit genommen und mir den schönsten und wärmsten Heiligabend geschenkt, den ich je erlebt habe."

Er antwortete: „Sie haben es schon gut gemacht. Mit ihrem Lächeln und ihrem guten Herzen haben auch Sie mir geholfen und mir schöne Weihnachten geschenkt."

Seine alten, faltigen Hände nahmen Maria fest an die Hand, und er schaute sie noch ein letztes Mal mit seinen gütigen Augen an ... Dann drehte er sich um und ging, ohne ein Wort zu sagen, den Weg entlang, hinunter ins Dorf.

Maria stand einige Minuten lang reglos da und glaubte, das alles nur geträumt zu haben. Dann setzte sie sich auf einen großen Stein und packte im Schein der Kerzen, die noch brannten, ihr Geschenk aus. Hervor kam eine Kerze und ein fein säuberlich zusammengelegter 'zweiter' Brief. Und abermals an diesen Abend liefen ihr Tränen der Rührung und Dankbarkeit die Wangen hinab, als sie den Brief auseinander faltete und ihn las.

Hallo,

danke, dass Sie in dieser Nacht gekommen sind. Danke für Ihre Tränen, die mich wissen lassen, dass Sie sich gefreut haben.
Ich wusste, dass Sie ein ganz besonderer Mensch sind, der sein Herz am rechten Platz trägt.
Ich habe Ihnen eine Kerze eingepackt. Holen Sie sie hervor, wenn Sie mal wieder traurig sind.
Die Flamme dieser Kerze soll ihre schönen Augen wieder erwärmen und sie zum Leuchten bringen. Die Flamme soll ihrem Leben wieder mehr Licht geben. Sie haben es verdient,
denn sie sind, wie ich schon erwähnte, eine besondere Frau.
Sie haben mich gefragt, wer ich bin ...
Ich bin ein alter Mann, der bescheiden gelebt hat. Ich hatte es nicht immer leicht in meinem Leben. Es gab Höhen und Tiefen. Ich fühlte mich oft allein und einsam, bis ich jemanden gefunden hatte ...
Auch Sie werden ihn finden, er wartet nur auf sie.
Glauben sie mir, es gibt immer einen Lichtblick, auch wenn er noch so klein ist.
Darum hören Sie auf mich, den alten Mann. Beten Sie weiter, glauben Sie daran, denn im Gebet ist man nie allein.
Beten Sie und Ihre Wünsche werden erhört, denn dort zwischen Himmel und Erde ist viel mehr, als wir es uns vorstellen können. Ich werde mich nun bald auf eine Reise begeben. Auf meine letzte Reise.
Ich habe keine Angst davor, denn ich weiß, dass es die schönste Reise sein wird, die ich jemals antreten werde.
Ich bin glücklich und dem lieben Gott dankbar, dass ich meine letzte Aufgabe hier auf Erden noch erfüllen durfte.
Ich wollte Glanz in Ihre Augen bringen und sie glücklich sehen.
So, nun verabschiede ich mich von Ihnen. Ich wünsche Ihnen noch besinnliche Weihnachtstage und so viel Glück wie Sterne am Himmel und einen Engel, der am Tag auf Sie aufpasst und der des nachts ihren Schlaf bewacht.
Vielleicht denken Sie, wenn Sie nächstes Jahr um die gleiche Zeit hier stehen, an mich, dann werde ich für Sie eine Sternschnuppe vom Himmel fallen lassen.
Bleiben Sie sich selber treu, dann ist alles gut.
Es grüßt Sie ganz lieb ein alter Mann.

2. Januar 2008

Ich mache mir Sorgen um meine Narbe. Sie hat sich stark entzündet, ist knallrot, und in meiner Brust ist ein harter Knoten. Soll ich zum Arzt? Irgendetwas hält mich zurück.

27. Februar 2008

Was soll ich machen? Meine Narbe auf der Brust wird immer größer ... Der Knoten darunter ist noch größer geworden. Ist es eine Entzündung? Es kommt eine gelbe Flüssigkeit aus der Narbe, sie ist stark verkrustet und seit ein paar Tagen tut sie richtig weh. Rede mir immer ein, dass es nichts Schlimmes sein kann, da man ja immer wieder hört, dass Krebs nicht weh tut, wenn das auch seltsam klingt.

Tagebuch, 2. Teil

Die leeren Seiten ...

16. April 2008

Ich sitze an meinem alten Schreibtisch, an dem vielleicht schon meine Vorfahren ihre Gedanken aufgeschrieben haben. Denke an die letzten zwei Jahre und mir wird bewusst, dass ich durch mein Schreiben viele meiner Emotionen verarbeitet und dadurch besser verkraftet habe. Diese letzten zwei Jahre habe ich gerade noch einmal durchlebt, in den Worten und Gedanken meines Tagebuchs, und in mir. Ich stelle fest, dass ich noch mittendrin bin ...

Mein Tagebuch liegt hier vor mir, und es warten noch immer die leeren Seiten auf mich, auf meine Worte, meine Gefühle und Gedanken im Hier und Jetzt 2008.
Mein Tagebuch - es trägt all meinen Kummer und meine Sorgen, aber auch meine Hoffnung für mich. Ich bin ihm dankbar dafür.
Mit welchen Worten sich die nächsten Seiten füllen werden weiß ich noch nicht, aber irgendetwas in mir hat Angst vor dem, was ich schreiben werde und muss.

5. Mai 2008

Habe lange nicht mehr geschrieben. Mir war nicht nach Schreiben zumute. Meine Narbe ist noch immer unverändert rot und stark entzündet. Ich weiß, dass ich eigentlich einen Arzt aufsuchen müsste. Schiebe es von einem Tag auf den nächsten.
Ich verdränge es, so gut es geht und rede mir ein, dass meine Narbe irgendwann heilt.
Ich habe seit Wochen jede Nacht den gleichen Traum ...

Ich steige in ein Auto, will losfahren. Ich rolle rückwärts den Berg hinunter. Will bremsen, aber es funktioniert nicht. Bekomme Panik. Rolle schneller und immer schneller.
Das Haus oder ein Baum kommen mir immer näher.
Und immer, kurz bevor ich irgendwo hinfahre, bleibt das Auto ein paar Zentimeter davor stehen und ich steige unverletzt aus.

Ich frage mich, was mir der immer wiederkehrende Traum sagen will. Was meine Seele mir sagen will.

Dass ich endlich zum Arzt gehen soll, sonst wird es knapp? Oder will mir der Traum sagen, dass mir, egal wie schlimm es ist, nichts passiert?

22. Juni 2008

Habe heute mit einer Freundin einen Urlaub an die Ostsee gebucht, obwohl ich eigentlich einen Termin bei meinem Arzt machen müsste. Ich habe starke Schmerzen in meiner Brust, sie hat sich so stark entzündet und der Knoten wird immer größer. Ich habe große Angst vor dem, was der Arzt mir sagen könnte. Mir ist bewusst, dass das mit dem Urlaub ein Davonlaufen ist. Frage mich, vor was ich davon laufe ... Habe im Moment zu nichts mehr Lust. Mache mir den ganzen Tag Gedanken und habe das Gefühl, in einem dunklen Loch zu sitzen, aus dem ich nicht mehr heraus kommen kann und irgendwie auch gar nicht will.

29. August 2008

Was habe ich mir vorgemacht? Glaubte ich wirklich, dass, wenn ich in den Urlaub fahre, alle meine Ängste und Sorgen, die ich in den letzten Wochen hatte, weg wären? Ich wusste, dass früher oder später der Tag kommen wird, an dem ich um einen Termin bei meinem Arzt nicht mehr herum käme. Meine Brust schmerzt so stark, dass ich mich vor Schmerzen manchmal krümme. Rede mir noch immer ein, dass Krebs nicht weh tut, dass das alles nur eine harmlose Entzündung ist. Ich habe mir in den letzten Wochen immer wieder Umschläge mit Zinnkraut angelegt, es wird aber nicht besser.
Morgen sollte es in den Urlaub gehen. Die Koffer stehen fertig gepackt im Flur.
Mein Telefon klingelt ... ich gehe ran ... es ist meine Ärztin ... sie

erzählt mir ihren Traum ... und meint daraufhin, dass ich meinen Urlaub absagen soll und so schnell wie möglich in die Klinik müsse ...

Ich konnte nichts reden, sagte nichts ... legte den Hörer auf. Setzte mich auf den Boden und weinte mir meine Seele frei. Frei von den Ängsten, die sich in den letzten Monaten angestaut haben. Frei von dem Gefühl, davonlaufen zu müssen oder zu können ... und in dem Moment erkannte ich, dass es für mich im Moment nichts Wichtigeres gab, als endlich meine Brust untersuchen zu lassen. Ich ging ans Telefon, sagte meinen Urlaub ab und machte einen Termin im Krankenhaus zur Untersuchung. Ich erkenne, dass das mein Weg sein muss, den ich als nächstes gehen werde. Obwohl der Glaube und die Hoffnung bleiben, dass doch alles nur einen harmlose Entzündung ist.

2. September 2008

Hatte heute meinen Termin in der Klinik. Ich hoffte immer noch, dass es nur eine Entzündung ist, dass ich da bleiben kann und das Ganze operiert wird und ich dann, nach ein paar Tagen, wieder nach Hause komme.

Wir, meine Geschwister, meine Kinder und ich kamen mit drei Stunden Verspätung in der Klinik an, da wir eine Autopanne auf der Autobahn hatten. Jetzt, im Nachhinein, glaube ich, dass Gott uns diese Panne geschickt hat, denn wir hatten mit dem Mann vom ADAC einen rießen Spaß, sodass wir Stunden später noch immer lachen mussten und gut drauf waren, selbst als ich im Sprechzimmer des Arztes saß und das Ganze nicht gerade rosig aussah.

Der Arzt, ein sehr netter Mann, untersuchte mich und meinte, dass sich da wieder ein Tumor gebildet hat, der nach außen aufgebrochen ist. Einerseits war ich geschockt, da ich noch immer hoffte, dass das Ganze eine Entzündung ist, aber auf der anderen Seite wusste ich nun endlich, was mit meiner Narbe los war.

Der Arzt hat sich sehr viel Zeit gelassen und über verschiedene Therapie-Möglichkeiten gesprochen.

Das Erste war natürlich die Chemo. Genau das, wovon ich nicht überzeugt bin, wovor ich eine Riesenangst hatte und worüber ich wusste, dass das Ganze pures Gift für mich ist, das nicht nur meine kranken Zellen tötet, sondern auch die gesunden. Danach würden die Ärzte operieren, dann bestrahlen und anschließend eine Hormonbehandlung von fünf Jahren durchführen, sodass ich künstlich in die Wechseljahre versetzt werde. Ich hörte mir das alles an, doch irgendwie kam es noch nicht ganz an mich heran. Erst als ich meine Geschwister mit ins Besprechungszimmer holte und sie sagten, dass ich diese Therapie machen muss, traf es mich wie ein Schlag. Plötzlich hatte ich Angst. Angst vor der Chemo, und was am schlimmsten für mich war, dass meine Haare ausfallen, obwohl das ja in dem Moment eigentlich total unwichtig war. Der Arzt meinte, ich solle es mir in Ruhe überlegen und schickte mich zu weiteren Untersuchungen in die Röntgenabteilung, in der dann meine Lunge, Leber, Brust und Lymphe untersucht wurden. Danach musste ich zum Knochenszintigramm.

Der anschließende Endbefund ließ mich in ein Loch fallen, in das gleiche Loch wie damals vor zweieinhalb Jahren. Die Leber und Lunge waren okay. Es hatten sich aber viele Metastasen auf meinem Knochen gebildet. Ich war total geschockt, konnte nicht mal mehr weinen.

Der Arzt zeigte mir die Röntgenbilder. Ich konnte nicht glauben, was ich da sah. Mein ganzes Skelett war mit großen, schwarzen Punkten übersät. Ich glaubte in diesen Moment, dass es das war, dass mein Leben vorbei sei. Ich fragte den Arzt, was man gegen diese Metastasen machen könne. Er antwortete mir, dass es kein Medikament dafür gibt. Mit letzter Hoffnung klammerte ich mich an die Chemo, daran, dass sie hilft, diese schwarzen Punkte los zu werden. Der Arzt meinte darauf, dass sie da sind und nie mehr wieder weg gehen. Er fragte mich, ob ich denn keine Schmerzen hätte, was bei so vielen Metastasen eigentlich normal wäre. Schmerzen hätte ich keine, sagte ich darauf. Obwohl jetzt, nachdem er es gesagt hatte, tat mir plötzlich alles weh.

In diesem Moment wurde mir bewusst, wie stark Worte und Gedanken sein können.

Wünschte mir wieder mal, aus einem Traum aufzuwachen.
Doch es war kein Traum, es war Wirklichkeit. Was sollte ich jetzt

tun? War das ganze Bewusstseinstraining der letzten Zeit umsonst? Ich war total verzweifelt, fragte mich, ob ich eine Wahl hätte, um die Chemo herumzukommen.

Meine Schwestern und der Arzt redeten auf mich ein, dass ich nun wohl keine andere Wahl mehr hatte. Irgendwie glaubte ich das dann jetzt auch und stimmte, noch unter Schock, der Chemo zu. Der Termin wurde auf den 9. September gesetzt. Ich sollte 6 Mal Chemo bekommen, das hieß 18 Wochen. Ich fragte mich nur immer wieder, ob ich das auch durchhalte.

Und etwas in mir wusste doch, dass ich nicht nur einfach so krank geworden bin. Es musste einen Grund dafür geben.

3. September 2008

Bin tief am Boden zerstört. Bekam heute einen Anruf aus der Klinik ...

Ich soll morgen dringend zum nochmaligen Röntgen vorbeikommen. Ich dachte, es wäre eine Routineuntersuchung und fragte den Arzt, ob wir es nicht an dem Tag machen könnten, an dem ich meine erste Chemo bekomme. Er wurde darauf still, räusperte sich und es traf mich wie ein Faustschlag in meine Magengrube. Ich ahnte, dass der Arzt mir etwas Schlimmeres mitteilen würde. Mein Herz schlug mir bis zum Hals. Den Tränen nahe fragte ich, was denn los sei. Ich war auf etwas Schlimmes gefasst, doch was der Arzt mir dann sagte, war mehr, als ich verkraften konnte. Er meinte, dass ich am 4. und 5. Lendenwirbel Metastasen hätte und dass die Gefahr einer Querschnittslähmung besteht. Den Rest des Gesprächs nahm ich nur noch in Trance war. Ich verstand nur noch, dass ich mich vorsichtig bewegen soll, da sonst ein Wirbel brechen könnte. Ich war unfähig, mich zu bewegen und fing hemmungslos zu weinen an. Was der Arzt am anderen Ende der Leitung noch sagte, bekam ich nicht mehr mit. Ich weinte und aus dem Weinen wurde ein hemmungsloses Schluchzen, von dem ich mich nicht mehr beruhigen konnte. Irgendwann habe ich mich in mein Bett geschleppt ...

Da sitze ich nun, mit tausend Fragen, und versuche den Schock, den ich heute bekommen habe, mit Schreiben ein bisschen zu verarbeiten.

4. September 2008

Meine Schwester Christine hat mich heute in die Klinik gefahren. Ich war zu müde, da ich die ganze Nacht nicht geschlafen habe, weil ich die schlimmsten Vorstellungen im Kopf hatte. Die achtzig Kilometer bis zur Klinik kamen mir endlos vor. Hatte vor jedem Stein und jedem Straßenloch, über das wir fuhren, höllische Angst, mir etwas zu brechen. Ich wollte die Untersuchung so schnell wie möglich hinter mich bringen. Als ich im Besprechungszimmer saß, zitterte ich innerlich. Ein Arzt kam und ich musste mit in die Röntgenabteilung. Mir fiel erst in diesem Moment auf, wie kalt so eine Röntgenabteilung ist. Die Atmosphäre war für mich fast nicht zum Aushalten und ich überlegte kurz, ob ich nicht einfach davonrenne. Doch ich konnte nicht, meine Beine fühlten sich an wie Blei. Meine Wirbel wurden geröngt. Die Minuten bis zum endgültigen Befund kamen mir wie Stunden vor, obwohl es nur zehn Minuten waren. Als der Arzt ins Zimmer kam, versuchte ich, mir meine Angst und mein Zittern nicht anmerken zu lassen. Ich versuchte, in dem Gesicht des jungen Arztes etwas herauszulesen, aber da war nichts ... keine Regung. Das Einzige, was ich glaubte zu erkennen, war Unsicherheit und Angst. Er strich mir leicht über meine Schulter, so als wollte er mich trösten ... und sagte dann, dass eine Operation ausgeschlossen sei, da die Metastasen zu nahe an den Nerven waren. Die einzige Möglichkeit, die ich hatte, war, dass die Wirbel bestrahlt werden könnten. Ich wusste nicht, ob ich mich freuen konnte, ob ich lachen oder weinen sollte. Ich bekam noch mit auf den Weg, dass ich bis zur Bestrahlung, die erst nach der Chemo stattfinden sollte, auf mich aufpassen sollte, damit ich nicht stürze.

Meine Angst ist nun riesengroß, sie nimmt mir fast die Luft zum Atmen. Habe Angst, mich zu bewegen, würde am liebsten den ganzen Tag im Bett liegen bleiben, damit mir nichts passiert. Ich bete, hoffe und wünsche mir, dass alles gut für mich enden wird, denn ich glaube, wenn ich jetzt auch noch querschnittsgelähmt werde, würde ich keinen Lebensmut mehr haben.

8. September 2008

Ich liege im Bett und bete, dass Gott mir morgen bei meiner ersten Chemo beisteht. Mein neuer Freund, ein Golden Retriever Welpe, mit dem ich mir einen lang ersehnten Traum erfüllt habe, schaut mich aus seinen braunen, treuen Augen an, so als wolle er mich trösten. Ich habe ihm den Namen Merlin gegeben. Wie Merlin der Zauberer. Vielleicht kann er mich gesund zaubern? Ich bin tief traurig. Meine Seele weint. Ich kuschle mich an sein weiches Fell, das nimmt mir die Angst und tröstet mich.

10. September 2008

Ich habe meine erste Chemo hinter mir. Das Ganze sollte eigentlich nur zwei Stunden dauern. Ich saß aber fast sieben Stunden daran und merkte, wie die Flüssigkeit in mich hinein lief. Ein Arzt verpasste mir zwei riesige Spritzen, wie man sie nur aus Filmen kennt, mit dieser knallroten Flüssigkeit. Ich saß da, machte meine Augen zu und stellte mir vor, wie das Zeug die kranken Zellen abtötet.
Danach bekam ich noch etwas, eine Substanz für meine Knochen, und als ich dann abends um halb neun aus der Praxis ging, war ich nur noch fertig. Ich setzte mich ins Auto, meine Schwester fuhr, ließ meinen Kopf hängen und in dem Moment war mir alles egal. Wenn man mir gesagt hätte, dass ich morgen sterben müsste, hätte ich es in dem Moment auch angenommen.
Daheim legte ich mich dann aufs Sofa und wollte nur noch meine Ruhe haben. Die Nacht habe ich ganz schlecht geschlafen, mir war, als ob die Chemo mir mein Gehirn vernebelt hätte. Ich erwachte immer wieder, ließ den Tag noch einmal vor meinen Augen ablaufen. Dachte an die junge Frau, die neben mir saß. Auch sie hat Brustkrebs, ist erst 29 Jahre alt. Sie hat mir er-

zählt, dass sie und ihr Freund Kinder haben wollten. Ich frage mich, wer von uns Zweien schlimmer dran ist. Ich, weil ich drei Kinder habe und Angst habe, sie für immer verlassen zu müssen, oder sie, da sie Angst hat, keine Kinder mehr bekommen zu können. Gegen morgen wurde es mir total übel. Frage mich nun, wie giftig das rote Zeug war.

Ich war froh, als es endlich Morgen wurde.

13. September 2008

Habe heute die traurige Nachricht bekommen, dass auch meine Freundin Susi an Brustkrebs erkrankt ist. Ich war total geschockt. Ich wünsche ihr und ihrer Familie die Kraft, die Krankheit anzunehmen und das Beste aus der Situation zu machen.

Bin mit meinen Gedanken ganz fest bei ihr und bete für sie.

14. September 2008

Fünf Tage ist meine Chemo nun her. Die ersten zwei Tage war es mir immer leicht übel, ich konnte nichts essen, hatte nur diesen Heißhunger nach Sauerkraut. Ich fühlte mich, als ob ich schwanger wäre. Am dritten Tag abends ging es mir dann richtig schlecht. Ich hatte Schüttelfrost, fühlte mich krank.
Tags darauf hatte ich einen Termin bei meiner Ärztin. Sie machte mir Mut, gab mir die passenden Globolis gegen die Nebenwirkungen und die Übelkeit. Auch meinte sie, dass ich eine Familienaufstellung machen lassen solle, da sie glaubt, dass meine Krankheit, die mir ja wörtlich gesagt bis in die Knochen ging, tiefer sitzt, als wir alle glaubten.
Als ich aus der Praxis ging, merkte ich, dass ich mich schon besser fühlte.
Das Einzige, wovor ich noch immer Angst hatte, war der Verlust meiner Haare.
Ich wollte das nicht glauben, dass sie mir alle ausfallen würden

und hoffte insgeheim, dass bei mir einfach nichts passiert, hoffte auf das Wunder, dass ich eine Ausnahme bin.

20. September 2008

Heute Morgen hingen nach dem Kämmen die ersten Haare in meiner Bürste. Ich war total geschockt, zitterte und hätte nur noch weinen können.
Den ganzen Tag war ich einfach nur traurig darüber. Ich hatte Angst, obwohl ich doch weiß, dass sie mir ausfallen werden. Traue mich nicht mehr, in den Spiegel zu schauen.

25. September 2008

Ich traue mich nicht mehr, meine Haare zu kämmen. Es ist jetzt soweit. Sie fallen aus. Zwar noch nicht büschelweise, aber immer mehr einzelne Strähnen hängen an meiner Kleidung. Was soll ich tun? Ich will keine Glatze. Habe mir zwar eine schöne Echthaarperücke ausgesucht, die meinen Haaren ziemlich ähnlich ist, doch ich will das alles nicht.
Bitte lieber Gott, lass mich aus meinem Traum aufwachen und hilf mir, das Ganze ohne großen Schock durchzustehen.

26. September 2008

Heute hatte ich einen Termin bei der Frau, die mir meine Familienaufstellung macht. Das Ganze hat mich sehr beeindruckt. Sie fragte mich als erstes, welches mein Lieblingsmärchen ist oder war. Anhand eines Märchens, das ich ihr nannte, konnte sie mir schon einiges deuten.
Ich musste ihr über meine 'Sippe', so wie sie es ausgedrückt hatte, berichten.
Am Schluss meinte sie, dass ich mir jeden Tag ein Symbol für meine Krankheit suchen soll. Außerdem gab sie mir noch ein Bild

von einem Engel mit einem Schwert mit, den ich mit meiner Krankheit verbinden soll, und der mich vor dem seelischen Abgrund schützt. Was ich durch die Familien-Aufstellung erfahren habe, hat mich ziemlich geschockt. Es ist heraus gekommen, dass ich die Krankheit meiner Mutter übernommen habe, um sie zu schützen, dass ich ihr nachahme. Ist da ein Zusammenhang mit dem, was der Krebs mir gesagt hat? Dass ich zu gut bin und jeden aufnehme? Zu wenig an mich denke? Es gehen mir ziemlich viele Gedanken durch den Kopf. Ich muss mir jetzt neun Monate lang jeden Tag einen Satz vorsagen, damit ich mich davon löse.

Meine Haare fallen immer mehr aus, man sieht es zwar noch nicht, aber ich merke, wie sie immer dünner werden.

Werde ich die Kraft haben, sie mir abzuschneiden?

29. September 2008

In all der Angst um den Verlust meiner Haare war da der Mann, der mich berührt und der mir hilft, das alles nicht mehr ganz so schlimm zu sehen. Ich saß im Bad, band mir ein Tuch um und sagte, schau her, so schau ich mit Glatze aus.
Er sagte: „Hey, das schaut total cool aus." Er zwang mich, in den Spiegel zu gucken und meinte: „Jetzt schau dir mal dein schönes, kleines Gesicht und deine schöne Kopfform an". Ich schaute nur widerwillig hinein und erkannte, dass jetzt der Zeitpunkt gekommen war, mir die Haare abzuschneiden. Ich konnte es höchstens noch ein paar Tage hinauszögern, dann würden sie mir von alleine ausfallen. Ich wollte dem Druck und der Angst um das Verlieren meiner Haare endlich ein Ende setzen.
Ich holte mir einen Stuhl, stellte ihn vor den Spiegel ins Bad und fing mit der Nagelschere an, mir die Haare abzuschneiden. Ich schnitt einfach drauflos, und je mehr Haare im Waschbecken lagen, desto befreiter fühlte ich mich. Tränen liefen mir über die Wangen, die am Schluss in heftigen Schluchzern endeten. Ich schnitt und schnitt, bis ich nur noch ganz kurze Stupsel am Kopf hatte. Als ich damit fertig war, schaute ich mich lange im Spiegel an. Was ich dabei empfand? Ich fühlte mich wie in einem

schlechten Film. Ich hatte einen Schock! Ich war nicht mehr Ich. Ich saß reglos da und starrte mich an. Wie lange ich da so gesessen habe, weiß ich nicht mehr.

Danach probierte ich meine Perücke. Ich empfand sie als Fremdkörper, obwohl sie gar nicht schlecht aussah, nahm sie dann aber wieder ab und band mir eins meiner Tücher um. In dem Moment, als ich mich zum ersten Mal mit Glatze ansah, wurde mir bewusst, dass das Ganze so sein soll, dass ich endlich lerne, mich so wie ich bin, egal ob mit oder ohne Haare, zu lieben. Mein Wesen, mein Ich zu lieben, nicht mein Aussehen.

Ich glaube, durch diese Erfahrung bin ich wieder ein Stück weiter gekommen.

Die Frau im Spiegel

Ich sitze vor dem Spiegel. Schaue hinein ... Eine Frau schaut mir entgegen. Ich erschrecke! Frage mich, wer diese Frau ist? Ob sie überhaupt eine Frau ist? Sie hat keine Haare, ihre Augen schauen ins Leere und blicken mich traurig an. Eine Träne läuft ihr die Wange hinab. Ich beobachte sie und betrachte ihr Gesicht etwas aufmerksamer, erschrecke und bekomme Angst, als ich erkenne, dass diese Frau im Spiegel ich bin.
Ich schließe die Augen, glaube ... wünsche mir, das alles nur zu träumen ...
Als ich meine Augen wieder öffne, ist diese Frau, bin ich, immer noch da ... noch immer mit Glatze. Ich frage mich, ob ich überhaupt noch eine Frau bin?
Die Frau im Spiegel und ich ihr gegenüber schauen uns tief in die Augen. Ich versuche herauszufinden, was mich mit ihr noch verbindet, suche Gemeinsamkeiten, suche etwas aus meinen Leben zuvor ... in ihr. Wir sitzen Minuten lang da, Tränen laufen unseren Wangen hinab ...
Plötzlich leuchten unsere traurigen Augen etwas auf. Ich habe plötzlich ein schönes Gefühl im Herzen ... und mir wird klar, dass ich diese Frau im Spiegel, genauso wie sie ist, selbst ohne Haare, bewundere. Ich versuche in ihre Seele zu blicken ... und fange an, sie zu lieben, weil sie genauso schwach ist wie ich – und auch so stark, das alles hinzunehmen ... Ich bin dankbar und glücklich über dieses Gefühl.

3. Oktober 2008

Habe gestern meine zweite Chemo bekommen. Diesmal ging es viel schneller. Ich war in nicht mal zwei Stunden damit fertig. Außer, dass ich das Gefühl hatte, dass ich seltsam rieche, spürte ich nicht, dass ich die Chemo bekommen hatte.
Ich war danach noch mit meiner Schwester einkaufen. War für ein paar Stunden wieder in meinem alten Leben. Und obwohl mein altes Leben oberflächlicher war als mein Leben jetzt, fällt es mir immer schwerer, darin zu leben.
Abends ging es mir dann plötzlich total schlecht. Musste mich übergeben, hatte schlimmen Schüttelfrost. Ich hoffte, es würde jemand vorbeikommen ... es kam aber niemand. Ich hatte eine total schlimme Nacht. Wollte nur weg. Weit, weit weg.

27. Oktober 2008

Habe meine dritte Chemo hinter mir. Und mir ist den ganzen Tag über nur noch übel, abgesehen von einer schweren Müdigkeit. Ich frage mich ernsthaft, ob ich das Ganze durchhalte. Die Chemo ist so ekelig. Wenn ich nur an die große rote Spritze denke, die mir jedesmal in meine Vene gestochen wird, wird es mir so schlecht, dass ich kurz vorm Spucken bin, obwohl ich die Hälfte nun schon hinter mir habe. Ich merke erst jetzt, wie mir die Chemo die Energie, die ich gerade jetzt so dringend brauche, nimmt. Ich möchte so viel machen, habe nun den ganzen Tag über Zeit. Ich habe aber nicht mal die Kraft zu meditieren. Es fühlt sich an, als ob mir jemand mit einem Hammer auf den Kopf geschlagen hat.

4. Dezember 2008

Jetzt habe ich schon länger nicht mehr geschrieben. Ich konnte einfach nicht. Hatte nicht die Energie dazu. Habe heute meine fünfte Chemo bekommen. Von dieser wurde mir nicht mehr so übel. Darüber bin ich froh. Die Übelkeit ist das schlimmste. Außer leichten Gelenkschmerzen geht es mir aber gut. In meinem Kopf ist nur noch der 22. Dezember, der Tag der letzten Spritze. Dann werde ich froh sein, die Prozedur hinter mir zu haben. Meine Haare fangen langsam wieder an zu wachsen, womit ich noch nicht gerechnet hatte.

23. Dezember 2008

Ich habe es geschafft. Hatte gestern meine letzte Chemo. Habe von den Ärzten meinen OP-Termin bekommen. Am 13. Januar soll ich operiert werden. Was genau gemacht wird, weiß ich noch nicht. Ich habe nach Weihnachten einen Termin zur Besprechung. Ich will an das ganze jetzt aber noch nicht denken. Ich freue mich jetzt erst mal wieder auf die Feiertage.

1. Januar 2009

Ein neues Jahr. Was wird es mir bringen? Ich wünsche mir nichts mehr, außer dass ich gesund werde. Am 13. hab ich nun meinen OP-Termin. Ich habe Angst. Angst, nach der Operation aufzuwachen, und keine Brust mehr zu haben. Wieder einmal frage ich mich, ob ich dann noch eine vollwertige Frau bin. Würde am liebsten wieder einmal einfach weglaufen.

12. Januar 2009

Morgen ist es soweit. Ich werde operiert. Ich habe so sehr Angst vor dem, was danach ist. Bin zu nichts fähig. Finde nicht mal

Worte zum Schreiben. Hatte ein sehr langes Gespräch mit einem mir sehr wichtigen, lieben Menschen. Er hat es geschafft, mir ein wenig die Angst zu nehmen. Dafür danke ich ihm von ganzem Herzen.

13. Januar 2009

Es ist bald soweit. Ich liege hier in meinem Krankenhausbett, lausche auf jeden Schritt auf dem Flur. Bin jedesmal irgendwie erleichtert, wenn die Schritte draußen nicht vor meiner Zimmertür halt machen. So als wollte ich die letzten Minuten hinauszögern. Ich weiß, dass ich früher oder später an der Reihe bin. Doch vielleicht habe ich noch ein paar Minuten oder Stunden? Nachdem ich heute von der Krankenschwester mein Zimmer bekam und ich dann meine Tasche in den Schrank stellte, konnte ich meine Tränen nicht mehr zurückhalten. Ich habe einen Weinkrampf bekommen. Ich war so traurig, wollte einfach nur weglaufen.

Ich bete innerlich, dass alles gut wird.

14. Januar 2009

Ich habe viele Stunden geschlafen. Die Ärzte waren soeben hier und haben mir den Druckverband abgenommen. Zuerst wollte ich gar nicht hinschauen, dachte mir aber dann, dass ich es früher oder später sowieso tun müsste. Und zu meiner Überraschung fand ich das Ganze gar nicht so schlimm. Es war noch ein kleiner Hügel da. Ich habe zwei Schläuche drin, mein Brustkorb fühlt sich an, als ob ich geschlagen worden bin. Aber so geht es mir den Umständen entsprechend gut. Habe gleich in der Früh mein Engelshemd ausgezogen und mir ein Shirt und eine Hose übergezogen. So fühlte ich mich schon ein wenig besser.
Heute Mittag war wieder die Psychologin da. Sie hatte mich gestern vor der Operation schon besucht. Am Anfang fand ich die

Unterhaltung mit ihr ganz gut. Doch irgendwann merkte ich, dass sie mir meine ganze Energie abzapfte. Sie hatte dem ganzen gegenüber eine völlig andere Einstellung als ich. Ich wollte dann nur noch, dass sie geht. Nachmittags kam sie dann noch mal zu mir rein und fragte mich, ob ich nicht auf Zimmer 405 eine Frau besuchen und mit ihr reden könnte, da ich eine so positive Einstellung zu dem ganzen hätte. Ich sollte mit ihr reden? War das nicht ihre Aufgabe?

Zuerst hatte ich keine rechte Lust, da mir selbst noch alles weh tat. Am Nachmittag quälte ich mich dann doch aus dem Bett und besuchte sie.

16. Januar 2009

Ich liege hier in meinem Krankenhausbett und denke nach. Meinem Körper und meiner Seele geht es einigermaßen gut. Ich spüre tief in meinem Herzen eine Dankbarkeit. Dankbarkeit den Ärzten, die die Operation gut gemacht haben, und auch den Schwestern gegenüber, die mich betreuen.

Trotzdem frage ich mich schon wieder, ob ich noch die gleiche bin, die ich vor der Operation war.

Ich weiß, dass ich das so langsam kapieren müsste.

Mir wird bewusst, dass genau das mein Problem ist. Mir fehlt die Liebe, die Bewunderung zu mir selbst. Ich achte zu sehr auf meine Äußerlichkeiten, vergleiche mich mit anderen, obwohl meine Seele sich nicht danach sehnt. Doch wie kann ich das ändern? Wird meine Selbstliebe von alleine kommen?

Von der Blume, die die Liebe wiederfand

Eine schöne Blume am Wegrand. Schon von weitem riecht man ihren herrlichen Duft. Alle, die an ihr vorbeilaufen, bewundern sie. Sie hat reichlich Wasser und die warmen Sonnenstrahlen lassen täglich ihre Blüten aufblühen und bringen ihre kräftigen Farben zum Leuchten.

Sie war stolz, dass sich so viele Schmetterlinge und Bienen auf ihr nieder ließen. Sie hatte für jeden ein offenes Ohr und war bei vielen wegen ihrer fröhlichen Art beliebt. Dann, eines Tages, bemerkte sie, dass eines ihrer schönen saftigen Blätter leichte braune Flecken bekam und hing. Auch ihre Farben leuchteten nicht mehr so schön. Hatte jemand sie getreten? Fehlte ihr Wasser oder die warmen Strahlen der Sonne? Sie dachte einen ganzen Tag und eine ganze Nacht darüber nach, was ihr denn fehlen könnte. Traurig darüber, dass sie keine Antwort bekommen hatte, schloss sie ihre Blüten und Tränen umhüllten ihre prächtigen Farben.

Klar, nach außen sah es niemand. Die Fußgänger bewunderten sie nach wie vor. Doch die Blume war traurig. Sie glaubte, keine vollwertige Blume mehr zu sein. Sie lachte und war für ihre Freunde, die Bienen und Schmetterlinge da, aber tief in ihrem Herzen fühlte sie sich einsam, und eine tiefe Traurigkeit machte sich in ihr breit.

Eines Morgens, die Sonne war gerade aufgegangen, der Tau hing noch in den Blumen, Wiesen und Blättern, kam eine kleine Elfe zu ihr, setzte sich auf eines ihrer Blätter und schaute die Blume nachdenklich an. Sie streckte sich ein wenig der Blume entgegen und flüsterte ihr leise zu.

Hallo Blume, bist du traurig? Weinst du? Warum hast du deine Blüten noch nicht geöffnet? Es scheint doch schon die Sonne.

Die Blume erschrak. Hatte da jemand mit ihr geredet? Vorsichtig und ganz langsam öffnete sie ihre Blüten ein klein wenig und blinzelte neugierig hervor.

„Warum bist du traurig?", fragte die kleine Elfe die Blume noch einmal. „Erzähl es mir bitte, vielleicht kann ich dir helfen!"

Schüchtern begann die Blume zu erzählen.

„Ich bin traurig, weil ich glaube, dass ich keine richtige Blume mehr bin, weil meine Farben nicht mehr so wie früher leuchten und auch einige meiner Blätter braun sind. Ich habe Angst, dass mich meine Freunde, die Bienen und Schmetterlinge, deshalb nicht mehr lieb haben. Die kleine Elfe sah die Blume an und fragte, ein bisschen verwundert: "Aber warum sollst du denn keine richtige Blume mehr sein? Und warum sollen dich deine Freunde nicht

mehr lieb haben? Man liebt doch mit dem Herzen! Schau mal in dein Herz und spüre, was du da fühlst." Verwundert über das, was die kleine Elfe zu ihr gesagt hatte, wurde die kleine Blume ganz still und nachdenklich. Sie dachte nach, fühlte in sich hinein, und plötzlich spürte sie tief in ihrem Herzen Liebe. Sie spürte die Liebe, die sich so weich, schön und warm anfühlte, dass sie es gar nicht beschreiben konnte, und die sie schon fast vergessen hatte. Und da, in diesem Moment, als sie diese innige Liebe spürte, verstand sie, dass sie immer, ob mit oder ohne strahlenden Farben, grünen oder leicht braunen Blättern vollwertig sein wird, solange sie die Liebe in sich trägt. Die Blume öffnete ihre Knospen ganz weit und wusste, dass die Liebe, die sie im Herzen trug, niemals verloren gehen wird, solange sie an sich selbst glaubt. Auch dann nicht, wenn sie nicht mehr als Blume am Wegrand stehen wird.

Seit diesem schönen Morgen, als eine kleine Elfe sich auf die traurige Blume gesetzt hatte, stand am Wegrand eine Blume, die glücklich war, ihre tiefe Liebe, die sie im Herzen trug, wieder gefunden zu haben.

23. Januar 2009

Was kommt jetzt? Ich habe mich von meiner OP gut erholt, außer dass mein Arm noch ein wenig weh tut. Habe nächste Woche ein Gespräch mit dem Strahlenarzt.
Frage mich, wie stark Bestrahlungen sind und wie sie sich auf den Körper auswirken.

29. Januar 2009

War heute in der Klinik zum Gespräch. Der Arzt war total nett. Ich fühlte mich bei ihm gut aufgehoben. Er erklärte mir in aller Ruhe die ganze Strahlentherapie und beantwortete geduldig meine vielen Fragen. Solche Ärzte wie Dr. Scheiber, dessen Namen ich hier ausdrücklich erwähne, müsste es mehr geben. Bei ihm ist man nicht nur eine Nummer. Er schaut noch in das Herz seiner Patienten.
Jetzt, nach dem Gespräch, wird mir erst bewusst, dass ich meinen Körper, meine gesunden Zellen, während der Bestrahlung irgendwie schützen muss, da die Strahlen doch aggressiver zu sein scheinen, als ich es mir vorgestellt habe. Ich weiß noch nicht, wie ich das mache, aber irgendetwas fällt mir schon ein.
Auch soll ich jetzt fünf Jahre lang ein Anti-Hormon schlucken, da mein Tumor hormonabhängig war. Innerlich sträube ich mich noch etwas dagegen. Aber mal abwarten, wie ich morgen darüber denke.

2. März 2009

Hatte heute meine erste Bestrahlung. Ich musste mich eine Stunde lang hinlegen, die Arme nach oben und durfte mich nicht bewegen. Es war kalt. Die Schwestern und der Arzt machten Aufnahmen, zeichneten Linien und Striche auf meinen Körper, sodass ich wie eine Landkarte aussah. Der Arzt erklärte mir, dass die Bestrahlungsfelder Millimeter genau ausgemessen werden.

Als sie mit ihrer Zeichnung fertig waren, bekam ich meine erste Bestrahlung. Ich befahl meinen gesunden Zellen, allen Organen, ihren roten Regenschirm aufzumachen, damit sie nichts abbekamen. Sie gehorchten mir und ich konnte das Ganze über mich ergehen lassen, ohne das Gefühl zu haben, dass eine meiner gesunden Zellen einen Strahl abbekommen hat.

Ich glaube jedenfalls, dass das funktioniert hat.

15. März 2009

Habe nun schon meine 10. Bestrahlung hinter mir. Außer ein bisschen Müdigkeit spüre ich nichts. Ich hoffe, dass es so bleibt und dass ich die restlichen Bestrahlungen gut hinter mich bringe.

Mit der Anti-Hormon-Therapie hab ich nun doch angefangen. Bis jetzt vertrage ich sie gut. Ich merke nichts davon, mache regelmäßig meinen Sport, und manchmal frage ich mich, ob ich überhaupt noch krank bin.

Meine Haare wachsen nun auch wieder richtig nach. Am Kopf sind sie schon über einen Zentimeter lang. Meine Wimpern, Augenbrauen, alles ist wieder da, was mich sehr glücklich macht.

27. März 2009

Täglich gebe ich meinen gesunden Zellen und meinen Organen den Befehl, ihre roten Regenschirme aufzuspannen, während ich bestrahlt werde.

Ich stelle mir dann vor, wie in meinem Körper lauter knallrote Regenschirme gespannt sind. Am Ende der Bestrahlung bedanke ich mich bei meinen Zellen und sage ihnen, dass sie es gut gemacht haben und nun ihre Schirme wieder einpacken können.

Es gibt mir das Gefühl, etwas getan zu haben, während ich mit Strahlen in Berührung komme. Insgesamt 28 mal muss ich es durchstehen.

Bin ich froh, wenn ich die ganze Behandlung abgeschlossen habe. Danach muss ich auf Reha und wenn ich das hinter mich gebracht habe, werde ich ganz allein nach Italien fahren, um wieder neue Energie zu tanken. Aber noch ist es nicht soweit. Ich habe noch ein paar Wochen vor mir.

12. April 2009

Meine Behandlung ist abgeschlossen. Ich habe es geschafft! Ein schwerer Stein fällt mir vom Herzen. Ich merke, wie mir die Bestrahlung meine letzte Energie geraubt hat. Ich bin nur noch müde, würde am liebsten den ganzen Tag schlafen.

In zehn Tagen beginnt meine Reha. Auf der einen Seite freue ich mich, auf der anderen Seite will ich einfach meine Ruhe. Irgendwohin, wo ich ganz Ich sein kann.

Wo ich meine Selbstliebe wieder finden kann. Ich wünsche mir, dass ich es schaffe, mich wieder selbst in mich zu verlieben.

13. Mai 2009

Ich habe drei Wochen Reha hinter mir. Es war sehr schön. Ich habe nette Menschen getroffen, mit denen ich viel Spaß hatte. Neben den Behandlungen wie Massagen, Heusack und anderen war ich viel spazieren. Es hat mir sehr gut getan. Da es eine sehr christliche Einrichtung war, wurde mein Glaube auf eine Probe gestellt. Ich kam mir vor, als hätte ich gar keinen mehr. Der Arzt sagte mir, ich soll in der Bibel lesen, die anderen sprachen von Jesus, nur er kann den Menschen heilen. War und ist das, wonach ich all die Jahre gelebt habe, gar nicht wahr? Ich bin hin und her gerissen. Glaube an die Wiedergeburt und dann sagen mir Menschen auf einmal, dass nach dem Leben die Ewigkeit kommt. Habe heute die Bibel in die Hand genommen und gelesen. Viele Geschichten kenne ich aus meiner Kindheit, aber vieles ist auch schwer zu verstehen.

Warum schafft es ein Mensch, meinen ganzen Glauben in Frage zu stellen?

18. Mai 2009

Morgen geht es los. Ich fahre mit dem Zug für eine Woche nach Italien. Es wird mein ganz persönlicher Urlaub, indem ich nur an mich denken und tun und lassen kann, was ich will, meinen Gedanken nachhängen, und wo ich vor allem Energie aufladen kann.
Ich freu mich darauf.

26. Mai 2009

Ich bin wieder zurück. Gut erholt und mit neuer Energie. Es war einfach nur schön. Das Wetter, das Hotel, die Natur, die Menschen und die Gassen. Ich bin viel gewandert, saß stundenlang am Meer und habe über mich nachgedacht, habe die Menschen, und das Leben um mich herum, beobachtet. War einmal ganz

Ich. Konnte die Krankheit, die kräfteraubende Therapie hinter mir lassen. Ich habe einfach nur den Augenblick genossen.
Leider verging der Urlaub viel zu schnell. Jetzt bin ich wieder zuhause und frage mich, was jetzt kommen wird. Was soll ich jetzt tun? Was fange ich mit meiner Freizeit an, da ich noch immer krank geschrieben bin?
Ich habe keine Arzttermine mehr. Da bleibt so viel Zeit übrig ...
Meine Haare sind schon ca. 4 Zentimeter lang. Trotzdem traue ich mich aber noch immer nicht, meine Perücke abzunehmen und ohne herumzulaufen. Ich fühle mich mit langen Haaren einfach fraulicher. Womit ich wieder bei meinem Problem, oder ich nenne es besser 'Projekt', wäre. Meine Selbstliebe. Einige haben schon zu mir gesagt, dass ich zu eitel bin. Ja, das kann sein, dachte ich dann, aber ich glaube, mitreden kann in dieser Situation nur der, der das Gleiche schon erlebt hat. Meine Schwestern, meine Kinder und auch meine Freundin sagen, dass ich mit diesen kurzen Haaren richtig gut aussehe, dass es mir total gut steht. Auch mir gefällt es manchmal, aber mit meiner Perücke fühle ich mich beschützter und wohler. Habe vor den Blicken der Menschen Angst...Angst dass meine verwundete Seele noch mehr verletzt wird.
Es wird irgendwann die Zeit kommen, wo ich sie abnehme, nicht mehr brauche und zu meinen kurzen Haaren stehe, aber noch ist es nicht soweit. Seltsam, ich habe das Herunterschneiden meiner Haare schneller geschafft, als das Herunternehmen meiner Perücke.
Vielleicht ist morgen schon der Tag ... vielleicht dauert es aber noch Wochen oder Monate, ich weiß es nicht. Die Zeit wird es wissen.

5. Juli 2009

Ich habe im Moment so viel Zeit. Weiß nicht, was ich mit ihr machen soll. Meine Freundin Judith meinte, ich soll sie als Geschenk sehen. Ich kann jetzt das tun und lassen, was ich will. Ich habe es mir nach diesen langen Monaten, die mich so viel Kraft gekostet haben, verdient. Ich dachte darüber nach und erkannte, dass sie Recht hatte. Und so bin ich im Moment viel in der Natur unterwegs, um Kräuter zu sammeln. Judith und ich haben einen Kräuterlehrgang gemacht. Ich fand ihn hochinteressant. Vor Jahren hab ich schon mal ein Buch von Maria Treben gelesen und jetzt, vor kurzem, fiel mir eines von Eva Aschenbrenner in die Hände. So habe ich die letzte Zeit Stunden damit verbracht, in Kräuterbüchern zu lesen und nachzuschlagen, was für was gut ist. Mittlerweile habe ich schon eine ganze Sammlung zusammen. Überall hängen die Kräuter, damit sie trocknen und ich sie später als Tee zubereiten kann. Heute habe ich eine Ringelblumen-Salbe gemacht. Das ganze macht mir sehr viel Spaß und ich freue mich darüber, wenn ich wieder etwas zum Trocknen aufhängen darf. Es ist wirklich schön, einmal alle Zeit der Welt zu haben, wenn man bedenkt, wie schnell sie vorbei sein kann.

16. Juli 2009

War bei der ersten Nachuntersuchung. Alles in Ordnung, zum Glück! Meine ganze Anspannung, die sich Tage davor aufgebaut hatte, ist wieder von mir abgefallen. Ich bin dankbar, dass alles okay ist und freue mich auf jeden Tag, der mir geschenkt wird.
Habe es noch nicht geschafft, mit meinen kurzen Haaren herum zu laufen. An manchen Tagen denke ich, jetzt tu ich es, aber dann sind da wieder die alten Ängste, und ich schaffe es nicht.
Mich belastet zur Zeit auch das mit meiner fehlenden Brust sehr. Spiele mit dem Gedanken, sie mir wieder aufbauen zu lassen.

15. September 2009

War heute in einer Klinik und habe mich wegen Brustrekonstruktion beraten lassen. Der Arzt erklärte mir, dass man anhand von dem Bauchfett, das man hat, eine neue Brust formen könnte und dass das Ergebnis danach ausschaut wie die andere Brust. Mir wurden noch die Risiken erklärt, dass die Brust in ganz seltenen Fällen wieder absterben kann, wenn der Körper sie wieder abstößt. Bislang hätten die Ärzte aber noch keinen solchen Fall gehabt. Das alles hörte sich sehr interessant an, und in Gedanken sah ich meine neue Brust schon vor mir.
Ich habe mich entschlossen, es machen zu lassen. Ich bin erst 37. Wäre ich 60, würde ich vielleicht anders darüber denken.

Ende Oktober soll die Operation nun sein.

Auf der Heimfahrt hab ich an meine Ärztin gedacht. Ich weiß, wenn ich ihr von meinem Vorhaben erzähle, sie sagt, dass ich mich so annehmen soll wie ich bin, dass ich das nicht brauche ... Ja, sie hat ja recht! Ich bin aber noch nicht soweit.

28. Oktober 2009

Morgen fahre ich mit dem Zug in die Klinik. Ich weiß nicht, ob ich mich freuen soll oder nicht. Auf der einen Seite habe ich ein bisschen Angst vor der Operation, da sie laut den Ärzten sieben Stunden andauern soll. Aber auf der anderen Seite freue ich mich, wieder eine Brust haben zu dürfen.

6. November 2009

Hilfe! Ich kann mich nicht bewegen. Alles tut weh. Kann nicht mehr aufrecht gehen. Mir geht es alles andere als gut. Wurde vor einer Woche operiert. Mein Fett vom Bauch wurde für die Brust hergenommen, mein Nabel neu gesetzt. Das Ganze hat zehn Stunden gedauert und war für die Ärzte nicht gerade einfach, da ich nicht viel Fett hatte.

Als ich aus der Narkose aufwachte, hätte ich nur noch weinen können. Es war wie in einem schlechten Film. Ich war total fertig, konnte mich nicht bewegen. Ich hatte das Gefühl, dass mein ganzer Körper stundenlang geschlagen worden wäre. Fragte mich, was die Ärzte mit mir gemacht haben. Mir fehlte der ganze Tag. Bin in der Früh um halb sieben in den OP gekommen und abends um neun wieder hoch. Ich wollte daheim meine Kinder anrufen, hab es fast nicht geschafft, musste weinen und konnte mich nur schwer beruhigen.

Die erste Nacht war fürchterlich, für mich und auch für die Schwestern, da ich sie, glaube ich, bestimmt 20 mal gerufen hatte, und genauso oft kamen sie mit ihrer Taschenlampe und schauten sich meine Brust an, die sich an manchen Stellen rot verfärbt hatte, was auf eine Durchblutungsstörung hinwies. Sie malten mit einem Stift immer wieder die Umrisse nach. Ich hatte Angst, dass meine Brust wieder abstirbt.

Von der Wärmedecke, unter der ich lag, schwitzte ich sehr stark und hatte das Gefühl, mein Rücken bricht durch.

Als am nächsten Tag die Visite kam, sagten die Ärzte zu mir, dass ich mich vier Tage nicht bewegen darf. Das halte ich nicht aus, dachte ich.

Wie ich es dann ausgehalten habe, weiß ich nicht. Ich war zu schwach. Erst als ich nach drei Tagen eine Bluttransfusion bekommen habe, merkte ich, dass meine Lebensgeister langsam wieder zurückkommen. So sehr ich mir das Aufstehen herbei gesehnt hatte, desto schlimmer war es, als es soweit war. Ich konnte mich nicht bewegen. Konnte nicht mal meine Beine alleine aus dem Bett heben. Schaffte nur zwei Schritte, und das ganz nach unten in gebeugter Haltung, mit Hilfe von zwei Schwestern. Die Ärzte sagten mir, dass das normal sei, da sie bei mir unter extremer Spannung zunähen mussten, und dass ich in etwa zwei Wochen wieder aufrecht gehen könne.

Und so liege ich jetzt in meinem Bett, habe fast nicht die Kraft, diese Zeilen hier zu schreiben. Ich sehne mich nach daheim. Wenn ich Glück habe, darf ich in zwei Tagen hier raus. Ich weiß zwar noch nicht, wie ich eine Heimfahrt überstehen soll, hoffe aber, dass es irgendwie geht. Diese Operation war für mich noch schlimmer als das, was ich bisher erlebt habe.

Ich glaube, ich habe noch immer einen Schock.

21. November 2009

Muss noch mal operiert werden. Ein kleiner Teil an Bauch und Brust wird nicht richtig durchblutet. Noch dazu ist am Bauch meine Narbe ein Stück aufgerissen.
Ich hoffe, dass ich nicht solange im Krankenhaus bleiben muss.
Ich kann noch immer nicht aufrecht gehen, habe starke Rückenschmerzen von der gebückten Haltung und das Gefühl, dass meine Haut am Bauch aufreißt, so straff ist alles.
Habe heute einen Termin beim Friseur ausgemacht. Bin nun soweit. Ich will die Perücke nicht länger tragen.

1. Dezember 2009

Meine Haare sind wieder die meinen. Ich trage keine Perücke mehr! War heute beim Friseur, habe mir blonde Strähnen setzen lassen und hey, es schaut super aus! Bin richtig glücklich darüber.
Musste danach in die Klinik zur Nachuntersuchung. Hatte das Gefühl, dass alle auf meine Haare schauen, was natürlich Einbildung war.
Laufe noch immer gebückt. Hoffe, dass sich meine Haut am Bauch soweit dehnen kann und ich irgendwann mal wieder aufrecht laufen werde.

10. Januar 2010

Kann nun fast wieder aufrecht gehen. Habe zwar immer noch das Gefühl, dass meine Narbe und mein Bauch wieder aufreißen, aber ich spüre, dass es mir langsam wieder besser geht. Der Schock sitzt mir noch immer in den Knochen, da ich im Leben nie geglaubt hätte, dass man nach einer Operation wie dieser so hilflos, dass sie so schlimm sein könnte. Ich weiß noch immer nicht, wie ich diese schlimmen Tage überstanden habe und ich würde sie kein zweites Mal mehr erleben wollen. Trotz alledem bin ich aber richtig glücklich über meine neue Brust. Sie gibt mir das Gefühl, wieder mehr Frau zu sein. Ich bewundere die Ärzte. Die Leistung, ihr Können, die Konzentration, die sie während einer solchen langen Operation haben müssen. Ich bin ihnen von ganzem Herzen dankbar, dass sie mir wieder ein Stück Leben, ein Stück meiner Fraulichkeit zurückgegeben haben.

15. Februar 2010

Der letzte Eintrag in diesem Tagebuch. Das Buch meines Lebens noch lange nicht zu Ende. Ich schreibe nun irgendwo mittendrin. Vor drei Jahren musste ich diese Richtung einschlagen und bin einfach losmarschiert. Was ich erlebte, waren drei Jahre, die mein Leben völlig umgekrempelt haben. Ich sitze hier an meinem alten Schreibtisch und schaue zurück.

Tränen laufen über mein Gesicht. Frage mich, warum? Sind es Tränen des Glücks, der Traurigkeit oder der Dankbarkeit? Ich glaube, es ist von allem etwas. Drei Jahre, in denen ich so viel erlebt habe und erleben musste. Momente des Schreckens, der Angst, der Einsamkeit, der Hoffnung, aber auch Momente des Glücks, der Liebe und der Erkenntnis, durch die ich meinem Weg, meinem ureigenen Weg ein Stück näher gekommen bin. Ja, in dieser für mich schwierigsten Zeit meines bisherigen Lebens, habe ich erkannt, dass es immer irgendwo ein Licht gibt, dass es sich lohnt, nach vorne zu schauen, auch wenn es manchmal noch so schwer ist und man glaubt, nicht mehr zu können. In all dieser Zeit, hat es für mich aber trotzdem viele Lichtblicke gegeben. Lichtblicke, die aus guten Worten, Hoffnung und dem Gefühl bestanden, jemanden an meiner Seite zu haben.
Ich bin den Menschen von ganzem Herzen dankbar, die mir beistanden, diese Zeit zu überleben. Danken möchte ich dafür, dass wenn ich nicht mehr glauben, nicht mehr hoffen konnte, dass sie für mich da waren und mir Mut zusprachen, mich aufbauten und mit mir lachten, so dass ich für einen kurzen Moment meine Krankheit vergessen konnte.
Danken möchte ich meinen drei Kindern, die mir in der Zeit so nahe waren, mir halfen, wo es ging, mir Mut zusprachen und

darüber hinwegsahen, dass sich vieles verändert hat. Auch haben sie mich so ganz ohne Haare akzeptiert, mich weiterhin als den Menschen, die Mama, behandelt, die ich vor der Therapie war, und sich mit mir gefreut, als meine Haare wieder zu wachsen anfingen. Ich hätte sie gerne mehr beschützt, wünschte oft, dass sie das ganze nicht hätten miterleben müssen... sie sind ja noch Kinder. Ich hatte oft Angst dass ihre Seelen daran zerbrechen. Aber im nachhinein glaube ich dass auch sie an diesen Veränderungen gewachsen sind. Ich möchte ihnen sagen, dass ich sie über alles liebe und ich sehr stolz auf sie bin. Danken möchte ich meinen Schwestern, die mich zur Chemo begleitet haben, mich in dem Moment auffingen, als wir im Arztzimmer saßen und die schlimme Diagnose erfahren haben. Danken möchte ich für die Zugfahrt, wo wir trotz alledem viel lachen mussten (Sie wissen warum), und danken möchte ich besonders meiner Schwester Christine. Sie hat immer ein offenes Ohr und ein tröstendes Wort für mich. Wenn es mir schlecht geht, weiß ich, dass sie für mich da ist. Sie ist mir nicht nur eine Schwester, sondern auch eine sehr, sehr gute Freundin, die mir und auch meinen Kindern sehr wichtig ist. Danken möchte ich meinem Vater, der mich unterstützte und mir half, wo er nur konnte. Ich weiß, dass er mich lieb hat, auch wenn er über seine Gefühle nicht so sprechen kann. Ich habe es ihm gegenüber auch noch nie getan.
Deshalb möchte ich es jetzt tun. Papa, ich danke dir für alles. Ich hab dich lieb, und ich bin stolz, dich als Papa zu haben.
Bedanken möchte ich mich auch bei meiner Ärztin Dr. Gerke, die mich auf Mich aufmerksam gemacht hat, die mich viele Male aufgebaut hat und in allem etwas positives sah und sieht, was mir, und ich glaube, was jedem gut tut. Sie hat mich dazu ermutigt, meine Geschichte nicht geheim zu halten und mir immer wieder Anregungen für mein Buch gegeben.
Besonders danken möchte ich meiner Freundin Judith. Sie hat mir schon, bevor wir uns persönlich kennenlernten, eine Karte geschickt und mir den Weg hin zum Höheren gezeigt. Sie ist ein Mensch, dessen Seele die gleiche Schwingung hat wie meine. Ich kann mich glücklich schätzen, eine solche Freundin zu haben.
Von Herzen danken möchte ich auch dafür, dass mir Klaus begegnen durfte, wir gehen unseren Weg im Moment gemeinsam,

unsere Herzen haben sich berührt. Durch ihn durfte ich lernen, was für mich wichtig ist, und er half mir, den Schleier meines Bewusstseins Stück für Stück ein wenig beiseite zu schieben.
Ich möchte mich bei all den Menschen bedanken, die in der Zeit an mich gedacht und für mich gebetet haben ...

Schon viele Male wurde ich gefragt, ob ich es jemals bereut habe, die Therapie nicht früher begonnen zu haben.
Sicher, ich habe darüber nachgedacht ... Nein, ich habe es nicht bereut. Denn hätte ich das Ganze schon damals gemacht, wäre ich nie so tief in meine Seele hinabgetaucht, und mir wäre vieles, und auch das, wonach ich monatelang suchte, eine Antwort auf die Frage, warum ich krank geworden bin, nicht bewusst geworden. Ich bin dankbar, dass es so gekommen ist, denn sonst säße ich jetzt nicht hier beim Schreiben und mein Kindheitstraum von einem eigenen Buch wäre niemals wahr geworden.
Heute, fast eineinhalb Jahre nach meiner erneuten Erkrankung geht es mir körperlich gut. Meine Seele kann wieder lachen, doch es sind noch viele Dinge tief im Unterbewusstsein, die aufgearbeitet werden müssen. Aber auch das schaffe ich noch.
Mit meinem Projekt, das Finden meiner Selbstliebe, bin ich schon ein ganzes Stück weiter gekommen.
Ich gehe wieder arbeiten, meine Haare wachsen wieder, ich treibe meinen Sport, treffe mich mit Freundinnen, lese Bücher, schreibe, lache, habe Spaß am Leben ... Irgendwann werde ich äußerlich wieder ganz die Alte sein, doch tief in meiner Seele bin ich ein neuer Mensch geworden. Durch die Krankheit musste ich erst in mich hinabsteigen, um über mich selbst hinauszugehen.

Wie viele Seiten ich in dem Buch meines Lebens noch füllen kann und werde, weiß ich nicht, doch wer weiß das schon...

Nun aber bleiben Glaube, Hoffnung, Liebe, diese drei; und die Liebe ist die Größte unter ihnen.

Für dich ...

Heute möchte ich einfach mal danke zu dir sagen. Als ich im September letzten Jahres erfahren habe, dass ich erneut an Krebs erkrankt bin, fiel ich in eine Art von Trance. Ich saß da und hörte mir alles an und hatte das Gefühl, dass mich die Krankheit gar nichts anginge. Erst die Tatsache, wie schwer ich erkrankt bin, und dass ich nach Meinung des Arztes eine Chemotherapie, Bestrahlung und Operation brauchen werde, brachte mich auf den Boden der Tatsachen zurück. Wie durch einen Nebel verließ ich die Praxis. Ich hatte das Gefühl, nicht mehr Ich zu sein. Es war ein schöner Tag. Ich roch allmählich den Herbst, erblickte die ersten bunten Blätter. Der Herbst, meine Lieblingsjahreszeit ...

Gestern schien noch alles in Ordnung, und heute stand meine Welt plötzlich still. Ich beobachtete die Menschen, die umher liefen. Fragte mich, was sie wohl gerade dachten, ob sie glücklich oder traurig waren. Sah in den Himmel, ließ mir die Sonne ins Gesicht scheinen. Autos fuhren an mir vorbei, ein Kind mit ihrer Mama, ein alter Mann ... Alles war wie immer. Nur ich nicht, mein Leben nicht. Es stand still ... Um mich herum lief das Karussell des Lebens weiter. Ich stand da, kämpfte mit den Tränen und fühlte mich so unwahrscheinlich klein und hilflos, und irgendwie auch außenstehend, zuschauend, nachdenkend und tieftraurig, schockiert.

Als ich abends in meinem Bett lag, fragte ich mich immer „Warum?", schaute durchs Fenster in den dunklen Nachthimmel, sah einige Sterne leuchten und wünschte mir eine Sternschnuppe, die mir den Wunsch erfüllt, dass alles wieder gut werden würde, egal wie.

Doch die Sternschnuppe kam nicht. Ich fühlte nur noch Angst, und ich weiß nicht, wie viele Tränen ich in mein Kopfkissen weinte. Irgendwann schlief ich dann ein ...

In den darauffolgenden Tagen rang ich mit mir, fragte mich immer und immer wieder, ob ich die ganze Therapie, die die Schulmedizin vorschlägt, machen sollte, obwohl ich doch noch vor zwei Jahren total dagegen war.

Ich kam dann zu den Entschluss, dass ich das Ganze durchziehe. Mein Vertrauen, mich irgendwie durch innere Kraft selbst heilen zu können, hatte einen tiefen Knacks bekommen, obwohl ich noch immer daran glaubte und es auch heute noch tue, dass man durch sich selbst wieder gesund werden kann. Aber da war dieser tiefe Knacks ...

Die Horrorvorstellung, die ich vor der Chemo hatte, war, dass ich meine ganzen Haare verlieren würde. Doch da warst du ...

Du nahmst mich in den Arm, drücktest mich und meintest, dass das Ganze nicht so schlimm sei, denn die Haare wachsen wieder nach. Drei Wochen später, die erste Chemo hatte ich schon hinter mir, war es dann soweit. Ich schnitt mir die Haare ab, war total traurig. Doch da warst du ... du hast gesagt: „Schau in den Spiegel.... Zuerst konnte ich es nicht, traute mich nicht, schämte mich vor dir. Ich habe es dann doch getan.

Die Tränen liefen wie Bäche meine Wangen hinunter.

Während der Zeit meiner Chemo, als es mir körperlich und seelisch nicht so gut ging, warst du da ... Es war für uns beide nicht leicht, mussten wir doch erst lernen, mit der Situation umzugehen.

Als ich dann kurz vor Weihnachten mit der Chemotherapie fertig war, war ich total erleichtert, das alles hinter mir zu haben. Doch dann stand mein Operationstermin an, an den ich die ganze Zeit nicht gedacht oder den ich verdrängt hatte.

Ich weiß es nicht. Ich dachte immer, wenn ich die Chemo hinter mir habe, dann habe ich den größten Teil geschafft ... und doch hatte ich plötzlich das Gefühl, vor einem riesigen Berg zu stehen, und ich wusste nicht, wie ich herüber kommen sollte.

Je näher der 13. Januar rückte, desto mehr wuchs meine Angst. Manchmal hatte ich das Gefühl, keine Luft mehr zu bekommen. Dann war der Tag da, von dem ich so sehr Angst hatte, und wünschte mir nur, dass er schon vorbei wäre.

Als ich von der Schwester mein Zimmer bekam, konnte ich meine Tränen nicht mehr zurückhalten. Ich wünschte mir, dass du mich an die Hand nehmen und mich wieder mitnehmen würdest ... Ich hatte solche Angst. Doch da warst du ...

Wir saßen beide auf dem Krankenhausflur, Ärzte und Schwestern eilten an uns vorbei. Manche in Gedanken, manche hektisch und bei einigen kam sogar ein Guten Morgen über die Lippen. Wir hatten ein gutes Gespräch, durch das ich wieder Mut und Hoffnung bekam. Es hat mir vieles bewusst werden lassen und *mir die Angst vor dem, was vor mir liegt, ein wenig genommen.*

Ja, und jetzt liege ich hier, in meinem Krankenhausbett. Ich bin operiert. Heute ist der 16. Januar 2009. Draußen schneit es etwas, und ab und zu blinzeln ein paar Sonnenstrahlen durchs Fenster. Draußen auf dem Krankenhaus-Flur ist es still. Ich höre keine Schritte. Ich habe viel Zeit zum Nachdenken. Gedanken, viele Gedanken kreisen bei mir im Kopf herum. Die letzten Monate laufen vor meinen Augen wie ein Film ab. Es gab Momente, in denen ich glücklich war, Momente in denen ich mich vor Traurigkeit, Einsamkeit und Angst in den Schlaf weinte. Momente, in denen ich in Selbstmitleid badete, und es gab auch Momente, in denen ich wieder Mut und Hoffnung schöpfte, ich glücklich war.

Du fragst dich jetzt sicher, warum ich dir das alles schreibe?! Ich liege hier, und spüre tief in meinem Herzen das Bedürfnis, es zu tun. Ich möchte dir einfach mal Danke sagen. Danke, dass du da warst, danke für deine aufbauenden Worte, für deine Umarmungen, für deinen Trost, und wenn ich mal wieder fast in Selbstmitleid zerfloss, total in der Luft hing, für deine Gabe, mich mit deinen Worten oder mit etwas lustigem wieder auf den Boden zurück zu holen. Immer warst du da ... Wenn ich glaubte, das Karussell meines Lebens bleibt stehen, hast du es geschafft, es wieder in Schwung zu bringen. Ich weiß, dass ich ohne dich das Ganze nicht so gut weggesteckt hätte, dass ich erst durch dich, durch unsere Gespräche, vieles besser verstanden habe, und ich dadurch mein Leben leben kann, ohne dass ich mich allzu sehr einschränken muss.
Ich weiß nicht, ob dir schon mal ein Mensch gesagt hat, dass du zu der besonderen Sorte von Menschen gehörst. Wenn nicht, möchte ich das heute tun, denn tief in deiner Seele verbirgt sich eine wundervolle Schönheit.

Danke.

FSC
www.fsc.org

MIX

Papier | Fördert
gute Waldnutzung

FSC® C083411

Zeitfracht Medien GmbH
Ferdinand-Jühlke-Straße 7
99095 Erfurt, Deutschland
produktsicherheit@kolibri360.de